U0733495

浙江少年儿童出版社 · 杭州

## 紫悦

性别：女
种族：独角兽
→天角兽

紫悦的可爱标志是一颗洋红色六角星被五颗白色的小六角星包围着的印记。她在宇宙公主的天才皇家独角兽魔法学院就读，被宇宙公主派到小马谷，学习关于友谊的知识。紫悦勤奋好学，喜欢阅读，会很多强力魔法，个性非常认真负责，基本上不相信书以外的其他知识。

性别：女
种族：陆马

碧琪的可爱标志是三只气球。她喜欢蹦蹦跳跳地走路，喜欢开派对，喜欢吃甜品，喜欢唱歌，喜欢交朋友，也喜欢恶作剧。她拥有神奇的第六感，每次有坏事要发生，她身上的一些部位就会开始发抖。她的价值观和大家不太一样，经常做些看上去有些神经兮兮的事情。碧琪最大的梦想就是让她所有的朋友发自内心地笑。

和谐之元
乐观

和谐之元
忠诚

性别：女
种族：飞马

云宝的可爱标志是一道彩虹闪电。她性格外向，勇敢、爱冒险，也爱和碧琪一起搞恶作剧。她具有所有飞马都会的技能——控制天气，而且很在行。云宝还很有飞行天赋，经常自创一些飞行特技，梦想就是加入闪电飞马队。她的必杀技是“彩虹音爆”。

性别：女
种族：飞马

和谐之元
仁慈

柔柔的可爱标志是三只粉色的蝴蝶。她外表柔弱，声音细嫩，害羞又胆小，是很美丽迷人的小马。她很擅长管理小动物，可以与各种各样的小动物沟通，并且可以指挥他们一起行动。她最宠爱的是小兔子安吉尔。柔柔的“凝视大法”能让很危险的动物失去气势。

和谐之元
诚实

性别：女
种族：陆马

苹果嘉儿的可爱标志是三个苹果。她家有自己的甜苹果园，她很喜欢苹果，会做各种苹果料理，也很擅长运动。性格直爽干脆，勇敢可靠，对什么都很负责，不过有时候稍微有点倔强。她兴奋的时候会挥动前蹄，大喊：“耶——哈！”

## 珍奇

性别：女
种族：独角兽

和谐之元
慷慨

珍奇的可爱标志为三颗菱形蓝宝石。她是一位流行设计师，非常向往坎特洛特城，希望自己能嫁给贵族成为上流名马，拥有自己的服饰店。珍奇有洁癖，无法忍受凌乱或肮脏的事物。她总是能引领潮流，每时每刻都希望自己成为焦点。

尝尝我吧!

# 目录

# 奸商兄弟的秘密

# 1 热闹的苹果盛会

“咕噜噜，咕噜噜……”

苹果嘉儿、苹果丽丽和麦托什大哥拖着三大车苹果，热情高涨地赶着路，尾巴在屁股后面甩来甩去。今天的目标是——热闹的苹果大卖会！只有史密夫婆婆不用拖苹果车，谁让她是老人家呢。

苹果嘉儿一家经营着甜苹果园，她们家的苹果绝对又香又甜，无论是榨成苹果汁，还是做成苹果派，都是整个小马谷最美味的，大家吃了都说好！而这次的苹果大卖会，也绝对是争取客户的好机会。客户嘛，永远都不嫌多，是不是？

“姐，还没到吗？我的蹄子都走痛了！”苹果丽丽满怀希望却又有点抱怨地看看前方。要知道，拖着沉重的车子赶路，实在是不轻松啊！

“快了快了，前面拐个弯，就到苹果大卖会了！快马加鞭吧，幸福就在前方！”苹果嘉儿的马尾更加兴奋地甩了起来。

“对啊！”麦托什大哥的步子迈得稳稳的。他呀，平时来来回回就两句台词——“对啊”“不”，你要是听到他说了别的话，那真的可以去买彩票了。

“哼哼，”史密夫婆婆瘪着嘴，不满地说，“我真搞不懂，你们就这么急着去大卖会吗？这要是搁在以前呀，倒还值得期待一下。我记得那个时候，苹果大卖会很单纯的，每次都

很热闹，朋友之间聚一聚啦、聊聊八卦啦……还能讨论讨论苹果市场的新风向。可是后来呢，橘子商、浆果商……这些家伙一搅和进来，搞得到处都是难闻的橘子味！整个大卖会又挤又乱，真是一团糟！”

史密夫婆婆对苹果有着超越一切的喜欢，而她最讨厌的就是橘子了，她总是说“橘子都有一股烂酸味”，真是让人不知道说什么好。

“可是婆婆，这次大卖会很重要的！你还记得上次吗？就是那个苹果酒销售季的开幕式，要是我们能像上次那样，让产品一炮打响，争取到很多客户，就能赚大钱了呀！”苹果嘉儿耐心地哄起了史密夫婆婆，“所以呢，一点点橘子味也不影响，对不对？”

“对啊！”麦托什大哥附和道。

“行行行，你们说了算！”史密夫婆婆是个典型的刀子嘴豆腐心。

上次苹果酒销售季的开幕式，苹果嘉儿一家都记忆犹新——那次可真险呢。

当时苹果嘉儿家推出了手工酿制的苹果酒，味道可好了，所有的小马喝了，都要竖起大拇指点赞，可谓是最受欢迎的产品了。可是也不知道从哪儿冒出了一对奸商兄弟：弗立姆和弗莱姆，他们带来了一台先进的全自动苹果酒酿造机，生产速度飞快，差点抢光了她们一家的生意。咳咳，手工生产就是慢一点，哪里比得上全自动技术的生产速度呢。

幸好，这两家小马真枪实弹地比了一场，用事实证明：手工酿造的苹果酒味道更胜一筹。因为苹果酒酿造机可不会动脑子思考，它全力工作起来，根本不会认真地剔除掉坏苹

出口
果酱
香甜橘子
葡萄汁
大酬宾!
苹果糖
苹果糖
美味蜜饯
香蕉妹妹
各色水果

果。结果呢，苹果酒的味道自然是大打折扣。而苹果嘉儿一家的手工制作过程虽然很慢，可是酒的质量得到了保证，更经得起顾客们的品味考验。

打那以后，这对奸商兄弟就成了史密夫婆婆的眼中钉，一提到他们，她就气得鼻孔直喘粗气。

“哎呀不说啦！我看到大卖会了！快走快走！”苹果丽丽突然撒开蹄子跑起来，她冲到了前面的小山坡上，接着，大家就听到她发出了惊叹：“哇！这也太盛大了吧！”

眼前的景象确实让人惊叹：一块“第45届苹果大卖会”的牌子竖得老高，会场里面的摊位五花八门的——苹果派、果酱、山楂果、葡萄汁、糖心苹果……每家摊位的老板都使出浑身解数，做出了最抢眼的招牌，想出了最吸引人气的促销活动，使劲儿吆喝着……天哪，这根本就是一场果类盛宴！进场的队伍排啊排，绕啊绕……都要排到山那边去了！

“啊啊啊！我闻到了充满热情的味道！我要冲啦！”苹果丽丽说着，就撒开蹄子一溜烟冲下了山坡，直奔苹果大卖会。

“哼，什么热情的味道，我闻到的怎么净是橘子味！还有……一股不讨喜的怪味！”史密夫婆婆瘪着嘴，不以为然地说。

“开工了开工了！”卸下三大车苹果，苹果嘉儿马不停蹄地忙活起来，“我们要快点把苹果摆到自己的摊位上去，快点把苹果酒展示出来，订单订单快快来！顾客顾客快上门！”

她一口气说了好多个“快”字，属于苹果嘉儿一家的摊位，就这样迅速开张了。

## 2 落单的奸商兄弟

“姐！我听说那边在派发手工苹果削皮器，是免费的，还是限量版的呢！我也想去领一个！我想去我想去！”周围亮丽热闹的摊位太多，苹果丽丽根本没心思工作，一直在旁边不停地蹦跶着。

“那你去就是咯，不过……嘻嘻嘻，你要从这儿开始排队！”苹果嘉儿笑着往旁边一指——只见草地上竖着一个小牌子：“独家赠送：苹果削皮器，由此排队。”旁边排着……至少排着几百只小马！

“这么长的队？天哪，妈呀，上帝啊

……”苹果丽丽吓得尾巴都竖了起来。

“那你就别领了，不就是个削皮器嘛。来帮我干活吧，今天肯定会很忙的！”苹果嘉儿冲妹妹使劲地招手。

“我不干！如果一定要在工作和排队中二选一的话呢，我宁愿慢慢排队……搞不好……搞不好我的可爱标志就是跟排队有关呢……”苹果丽丽乖乖地站到了队尾。

每个小马都有属于自己的可爱标志，可爱标志长什么样，就要看你擅长什么了。比如姐姐苹果嘉儿吧，她擅长一切跟苹果有关的料理，所以她的可爱标志就是三颗苹果。不过苹果丽丽还太小，她的可爱标志还没出现呢，所以她老是神经兮兮的，总觉得哪儿都有可能藏着她的可爱标志。

“婆婆，你要不要跟我一起排队呀？”独自等待实在很无聊，苹果丽丽忍不住冲史密夫婆婆眨眨眼，想哄她

来陪陪自己。

史密夫婆婆当然不会上当："我吃饱了撑的才会去排队！一把老骨头了，我可浪费不起这个时间！"她拄起自己的小拐杖，往外面走去："我还不如去附近转转，那些卖橘子的小奸商们今年肯定又扯了一堆假广告！"

"婆婆还真是愤世嫉俗啊……"苹果丽丽看着远去的婆婆，偷偷地说。史密夫婆婆正挤在马群里，用拐杖杀出一条血路："让开，让开！一群野蛮的家伙，就知道挤挤挤！挤出事故了你们负责吗？"

"你就让她去吧，这样我们的耳根子就清净了，哈哈哈！"苹果嘉儿说完，拍拍妹妹的肩膀，"至于你呢，就慢慢排队吧！"

史密夫婆婆在熙熙攘攘的马群里钻来钻去，嘴里的抱怨压根儿就没停过。看到橘子商们打的广告，她要念叨几句："哼哼，'阳光轻吻的甜蜜柑橘'……纯属瞎扯！'我们的柑橘里百分之一百没有虫'……谁信哪！哼！烂橘子配假广告，真是绝配！"

又走了几步，一群小姑娘从她身边嬉笑着走过去，身上统统穿着水果形状的宣传服，史密夫婆婆忍不住又唠叨起来："啧啧啧，现在的年轻小马还有没有羞耻心哪？怎么什么东西都敢往身上穿？哎呀呀，世风日下，真是让人担忧啊……"

马群的声音吵得很，有小宝贝闹着说："我要喝葡萄汁！"也有叽叽喳喳的小姑娘叫道："呀，那家摊位在派发苹果发卡呢！"然而，史密夫婆婆突然听到了一个声音，这个声音，她真是再熟悉不过了：

"来买呀，快来买呀！方便优质又超快！苹果削皮器八千块！"

“这声音……这声音难道是……”史密夫婆婆难以置信地猛一回头，看到一个布置华丽的展台，上面那个广告词说得倍儿溜的小马，不就是奸商兄弟吗？

“我再说一遍啊！方便优质又超快！苹果削皮器八千块！有要的吗？啊？有要的吗？方便优质又超快！苹果削皮器八千块！有哪位小马要啊？”

史密夫婆婆揉了揉她的老花眼：“天哪，我是被橘子味给熏傻了吗，没看错吧？怎么形影不离的奸商兄弟只剩一个了？”

可不是嘛，销售摊位上只有一个弗立姆，他举着苹果削皮器，对着麦克风起劲地吆喝着，旁边却不见他的双胞胎兄弟——弗莱姆的身影。要知道，这俩兄弟可是最厉害的销售搭档，你要是看到他们又唱又跳地推销，肯定也忍不住要掏出钱包。然后，你的钱就不知不觉、心甘情愿地到了他们手里。

不过眼下，大概是因为少了他的好搭档吧，弗立姆的那些苹果削皮器似乎一台也没卖出去。

史密夫婆婆气鼓鼓地冲上前叫道："果然是你！好小子，真是冤家路窄啊，这次我一定要教训教训你！"

"哎呀，老婆婆，是你啊……呃，这个么……我……"弗立姆还没说几个字，就被史密夫婆婆骂了回去。

"说，你是不是又来卖假货了？嗯？"史密夫婆婆的牙齿都快掉光了，可骂起狠话来却丝毫不受影响，"你那个无耻的哥哥躲哪儿去了？是不是又出去行骗了？说！"

没想到，弗立姆的脸上居然露出了悲伤的表情。他皱着眉头，无精打采地说："你是说弗莱姆吗……他……嗯……他没跟我出来摆摊……"

“哟！你们还分开诈骗了是吗？真是聪明啊，小伙子，这下骗的钱更多了吧？”史密夫婆婆嘴下毫不留情，可是她没有发现，弗立姆的表情越来越难过了。

“婆婆，我没骗你！”弗立姆一脸真诚地说，“我都不知道弗莱姆在哪里！”

“骗人！”史密夫婆婆才不听他瞎扯，她拄着拐杖，絮絮叨叨地走远了，“有我这个老太婆在，你们就别想捣鬼！再敢卖些骗人的玩意儿，你们就等着瞧吧！两个厚脸皮的家伙，整天就知道招摇撞骗，我……”

“来买呀，来买呀！方便优质又超快！苹果削皮器八千块！”

突然，她听见了跟刚才一模一样的台词，真的是一模一样呢！

“哎呀，我怎么又走回来了？”史密夫婆婆吓了一大跳，难道自己真的老糊涂了，走了半天又回到了原点？

“有要的吗？啊？有要的吗？方便优质又超快！苹果削皮器八千块！”仔细一看，这个摊位跟刚才那个不完全一样，上面站着的马也不是同一个。这一位留着两撇小胡子的，分明就是弗莱姆啊！

“小浑蛋！”史密夫婆婆的小步子迈得飞快，她冲到弗莱姆的摊位前，指着他的鼻子质问起来：“你们两兄弟真是奇了怪了，好端端的，干吗要分成两个摊位？给我说实话！要不然，哼哼，我可就报警了！”

“弗立姆也在这儿？我真不知道！我都……我都有好几个星期没搭理过他了。”

弗莱姆捋捋胡子，慢悠悠地说。

史密夫婆婆才不相信他们的鬼话呢，她百分之百肯定：这对奸商兄弟肯定是串通好了台词，然后偷偷地谋划着什么诈骗活动。说什么“好几个星期没见过了”，一定是瞎扯！

可是，他们到底有什么不可告人的秘密呢？

史密夫婆婆暗暗下决心：绝对不能让这对奸商兄弟得逞！

## 3 奸商兄弟准没好事

“奸商兄弟也来参加大卖会了？”苹果嘉儿已经把她

们的摊位布置妥当，“甜苹果园”的招牌绝对够醒目，她已经接了好几单生意了。

“照那两个小坏蛋说的，他们好像是绝交了，你信吗？”史密夫婆婆逛累了，一屁股坐到椅子上，喘着气开始休息。

“我不信！说别人绝交，我相信。可是说奸商兄弟绝交了，我打死也不信！他们关系多好呀，好得都快成连体婴儿啦！”苹果嘉儿把头摇得像拨浪鼓，“不过，婆婆，要我说，你就别管他们啦。老是在意这些坏家伙，多烦呀，何必让自己生气呢？”

她知道，史密夫婆婆就是这样，遇到什么看不过去的事，都会忍不住插手，遇到品行不好的坏家伙，她更是忍不了。

“那怎么行！”史密夫婆婆的正义感上

来了，谁也拦不住，“我不能眼睁睁地看着小马们上他们的当啊！这对奸商兄弟一出现，肯定是要骗钱，干不出什么好事！”

“可你刚才说了呀，他们的削苹果器也没卖出几台么，那就行了，八千块一台削苹果器，谁会买呀？别理他们了，我们管好自己的事就够了。”苹果嘉儿毫不担心。

“对啊！”麦托什大哥也在旁边帮腔。

史密夫婆婆想了想，苹果嘉儿说得好像是有点道理，哪个傻子会花八千块钱买一台削苹果器呢？这对奸商兄弟今天应该是骗不到什么小马了。

“可我就是不放心……”说是这么说，史密夫婆婆还是暂时安下心来，和大家一起忙起了自家摊子上的事。

甜苹果园里结出的苹果，味道绝对不会差。半天一过，苹果嘉儿家的苹果已经卖得差不多了。苹果嘉儿数着钱，心情大好：“今天的成绩非常、超级、特别可观！没有奸商兄弟来捣乱，真是太棒了！”

“对啊！”麦托什大哥跷着二郎腿，靠在摊位上，悠闲地晒着太阳。

“要是没有满场的橘子味，就更完美了——啊哈！”史密夫婆婆突然跳了起来，“看！被我说中了吧！”她指着远处小山坡上的一个身影，咂着舌头说。

那个身影是弗立姆，他步伐缓慢，垂头丧气的，看上去非常沮丧。

不过这副样子落在史密夫婆婆眼里，就成了鬼鬼祟祟、偷偷摸摸。

“弗立姆自己偷偷跑开了，肯定是要干些见不得人的事！说不定他们刚骗了一笔钱，准备潜逃呢！”

说着，她就抄起拐杖，准备追上去。

“婆婆！”苹果嘉儿根本拦不住她，只好在她的屁股后面大声叮嘱道，“你可别去得太久。千万千万记住，别惹出什么事呀！”

“放心吧！我还从来没吃过亏呢！等着瞧吧，我保证把两个小浑蛋抓回来！哎哟喂，五点钟还有咬苹果大赛是不是？我得赶快了！”史密夫婆婆胸有成竹地迈着小碎步，一溜烟跑远了。

苹果嘉儿看着麦托什大哥，感叹道：“我真是服了婆婆了。她居然还惦记着咬苹果大赛，她的牙齿明明都快掉光了啊！”

“对啊！”麦托什大哥点点头。

“不过……”苹果嘉儿想了想，又说，“史密夫婆婆虽然年纪大了，精神还挺好。她要是真去参加咬苹果大赛，搞不好还能拿个名次回来呢……她要是和别的小马打起架来，没准还能赢呢！”

“对啊！”麦托什大哥无比赞同地继续点头。

## 4 绝交的秘密

所向无敌的史密夫婆婆又一次从马群里杀出一条血路，她一边死死地盯着远处的弗立姆，一边把拐杖挥得呼呼生风：“让开！一个个都是懒家伙！挪一下蹄子会死吗？让开！”

她飞快地跟了上去，穿过一片草地，又翻过一个小山坡，形单影只的弗立姆终于被她给追上了。

“哈！被我抓到了吧！”

弗立姆正垂着头坐在一棵树下，史密夫婆婆一把揪住他：“你哥哥呢？你们是不是在这里偷偷碰头？说！”

弗立姆还是一副无精打采的样子，他的声音听上去也很可怜，一点都不像装出来的：“还碰什么头呀……婆婆，不骗你，我跟弗莱姆绝交都快一个月了……”

“你们俩真的绝……绝交了？小撒谎精，别想骗我！”史密夫婆婆虽然嘴上强硬，心却软了那么一丁点。

“我知道你讨厌我，你也不会信我的话……可是，我发誓，这次我说的是百分之百的实话，不，百分之一千、一万！”弗立姆的眼睛呆呆地盯着空中的落叶，眼神黯淡无光。

史密夫婆婆忍不住在他身边坐下来，同情地看着他："你们……你们不是整天待在一起的吗？怎么……突然就绝交了呢？"

"唉，都是因为一只小母马，她叫玛丽安……"一说到这个名字，弗立姆的头垂得更低了，他的下巴已经快戳到自己的肚子了。

"你们为一个女孩子闹翻了？她做了什么不好的事情吗？"史密夫婆婆已经隐隐约约地明白了背后的缘由。

果然，弗立姆接下来的话，证实了史密夫婆婆的猜想——

"三个星期前，我和弗莱姆沿着各个小镇卖削苹果器。我们到了道奇镇，道奇镇是

世界上最棒的小镇！因为，我们在那里遇到了玛丽安！你知道吗，我们去过无数个小镇，真的从来没遇到过这么漂亮的小马！她美得……美得仿佛在发光！她的尾巴卷成最好看的弧度，她的耳环是世界上最闪亮的宝石。她的眼镜配上她的发髻，真的好端庄！她是个很纯粹的女孩子，一点也不矫揉造作……我和弗莱姆瞬间对她一见钟情！

“我们约她去划船，她撑着小阳伞，和我们一起沐浴在夕阳的橙色光芒里……我到现在都记得那个画面……我们带她去公园里玩射击游戏，射下她最喜欢的毛绒玩具给她……我们争着买最好看的花送给她……她肯定也喜欢我们，可是……可是世界上只有一个玛丽安，而我们是两兄弟啊，她注定只能选择一个，不是吗？

“所以，我们俩为了得到玛丽安，开始了竞争。以前我们从来没有打过架，但是为了玛丽安，我们开始打架、吵嘴、互相报复……我……我对弗莱姆说了很多过分的话，也做了很多过分的事……可是，又有什么用呢？我们的感情破裂了，但是玛丽安……玛丽安她……”

“她怎么了？”史密夫婆婆关心地问道。

“她拒绝了我们，两个都拒绝了。”弗立姆忧伤地看着史密夫婆婆，“我们只顾着竞争，根本没心思做买卖了，也没有钱赚了。从那个时候起，玛丽安好像……就不太理我们了。你说，她看上的到底是我们，还是我们赚钱的生意呢？是不是我们没钱赚了，她就不喜欢我们了？”

“照你这么说，她也不是什么好女孩！”史密夫婆婆愤愤地说，“你们为了她搞成这样，不值得！一点都不值得！”

“可是，她……她真的很有魅力。

唉……回不去了，一切都回不去了。”弗立姆闭上眼睛，深深地叹了一口气。

“那……后来呢？”

“后来，我们就分道扬镳了。我们的兄弟情彻底破裂了，是我们亲手毁了它。全剧终，故事讲完了，再也没有以后了。”弗立姆继续失落地看着天空。

很难想象这是那个奸商弗立姆，从前的他容光焕发，和弗莱姆凑到一起，总是能绽放出满满的活力，能把全世界的小马都吸引过来，让他们心甘情愿地掏钱买东西。虽然他们卖的东西质量不太好，但他们的确是很有感染力的商人，这一点就连史密夫婆婆也没办法否认。可是现在，他孤单又落寞，让人看上去……很想帮他一把。

“为了一个女孩子，跟自己的亲兄弟绝交，真的很不值!”史密夫婆婆暗暗在心里打定主意，她回到大卖会，主动找到了弗莱姆。不过这次，她不是来找弗莱姆算账的了。

“我知道你是为我们好，婆婆，但我们不可能和好了。”弗莱姆摇摇头，“有些过分的话一旦说出口，就再也无法挽回了，我现在对他只有恨意，你懂吗？曾经的王牌搭档，彻底解散了。”

弗莱姆的表情坚定又悲痛。可是，难道就真的无法挽回了吗？史密夫婆婆不信。

## 5 史密夫婆婆出动

“婆婆怎么还没回来啊……”苹果嘉儿和麦托什大哥忙前忙后地卖着苹果派，“你

说她会不会和奸商兄弟打起来了?”

“不。”麦托什大哥正忙着把苹果派端给顾客。

“哎呀，我发现丽丽也没回来，她该不会……排了一整天的队吧……”苹果嘉儿彻底汗颜。

麦托什大哥刚想说“对啊”，声音就被一阵大喇叭的广播声给淹没了:“注意！注意！广播寻马！请弗立姆先生速到橘子亭!”

没过一会儿，大喇叭又响起来:“注意！注意！广播寻马！请弗莱姆先生速到橘子亭!”

“弗立姆和弗莱姆?”苹果嘉儿和麦托什大哥停下手头的活儿，面面相觑。

到了橘子亭，这对双胞胎兄弟一见面，便双双怒火中烧，几个星期以来的愤怒、排斥和不满喷涌而出。他们一撅蹄子，长啸一声，就挥舞着额头上长长的角，向对方冲了过去——“嘭”的一下，两只长角狠狠地抵在一起，谁也不让谁。

“弗立姆！今天咱们就来决一死战吧！”弗莱姆从牙缝里挤出字来。

“来啊！”弗立姆的鼻子重重地喘着气，他把全身的力量都集中到角尖，准备把哥哥掀翻过去——突然，有谁掰开了他们的角。

“都给我住手！”

是史密夫婆婆！

“老太婆，你在这儿干什么？”弗莱姆没好气地说。

弗立姆顿时明白了：“是你通过广播把我们叫到这儿来的？”

“没错。”史密夫婆婆松开手，让他们冷静下来。

“可是……你干吗管这桩闲事呢?”双胞胎兄弟异口同声地说。

“我们跟你的关系……”弗莱姆还没说完，弗立姆就接道:“其实并没有那么好。”

他们俩互相瞪了一眼，同时说:“不要装得跟我很有默契的样子!”说完又同时扭过头去，摆出一副根本不想搭理对方的样子。

史密夫婆婆走到他们中间，看看弗立姆，又看看弗莱姆，叹了一口气:“原因很简单——就因为你们是亲人!亲人之间不应该这样反目成仇，真的。当然了，我把你们叫到橘子亭来，还有第二个原因——要是你们真的打起来，砸烂了苹果就不好了，不如在这里打吧，砸烂橘子我倒是无所谓的。”

双胞胎兄弟忍不住笑了起来，可是弗立姆马上又昂起头，对哥哥视而不见：“不好意思啊，史密夫婆婆，我们已经确定绝交了，你白费心了！作为哥哥，他怎么能跟我抢同一个女孩子！”

“他要真是我弟弟，也不应该跟我抢！对啊，我们就是绝交了！”弗莱姆也毫不留情地说。

史密夫婆婆看看他们俩，幽幽地发话了：“作为一个老人家，我有一些话想告诉你们。我很理解你们现在的心情，因为——在我年轻的时候，发生过一件和现在很像的事情。”

“在许多许多年前……咳咳，我都不记得是多少年前了，反正那时我还很年轻，是个大美女……”

听到这儿，奸商兄弟瞪大了眼睛。史密夫婆婆用拐杖敲敲地面说：“怎么了？不相信吗？”

“信，信，我们信。你只是变老的大美女嘛！”弗莱姆赶快说。

“哼，总之，当时追求我的小马数也数不过来。”史密夫婆婆得意地清清嗓子，“其中，有一对乔纳金兄弟，我到现在都记得很清楚呢——他们很可爱，像苹果派一样可爱！现在说出来你们可能会笑话我，不过那个时候，他们真的是疯狂地迷恋我哦！而我，也很喜欢他们。”说到这里，史密夫婆婆的脸似乎有点红。

“可是问题来了，这两只小马我都非常、非常喜欢！我不知道该选谁，我真的不知道！所以，我迟迟没有做出选择，而他们，也开始反目成仇……为了赢得我的青睐，他们开始不择手段地对付自己的亲兄弟……我顿时觉得他们变了，变得一点都不可爱了，变得恶毒又狠心。就这样，我对他们的喜欢渐渐消散了，我伤心地离开了他们，但是……很不幸，他们再也没有和好，一辈子都没有和好。”

史密夫婆婆认真地看着弗立姆和弗莱姆：“一想到他们从此形同陌路，我就觉得很内疚……我毁了一对好兄弟之间的亲情，这件事是我一辈子的伤痛……我的故事说完了，希望你们也能好好想一想：你们真的愿意为了一个女孩子，和自己的兄弟绝交一辈子吗？”

“绝交……一辈子？”弗莱姆陷入了沉思，“我……其实没有想到那么久远的事情……一辈子，真的很长，不是吗？”

“你说得有道理，婆婆。为了一个女孩子，和自己的兄弟绝交一辈子……确实不值得！”弗立姆只用了一秒就做出了选择。

“弟弟！”弗莱姆终于愿意正视弗立姆

了，“实话告诉你吧，这几个星期我过得实在很煎熬！我们是不是可以重归于好了？我要先向你道歉，我之前的确很过分……”

“没事了，哥哥。我们把这些不愉快统统忘掉吧！我们可以去下一个小镇，重新开始我们的生活！”弗立姆伸出蹄子来，和哥哥握在一起，“其实，要在我们俩中间二选一，本来就很难！因为——”

“我们是世上最棒的双胞胎兄弟啊！”他们默契地唱了起来，还是彼此熟悉的调子，还是彼此熟悉的拥抱。他们张开手臂，同时抱住了史密夫婆婆：“你真是太好了，婆婆！我们要怎么感谢你呢？”

“你们要是能放开我，我就谢天谢地了！”史密夫婆婆被抱得快喘不过气来了，“如果你们真想谢我，就帮我不小心打翻几个橘子摊吧！哈哈哈哈！”

# 6 奸商兄弟重出江湖

史密夫婆婆心满意足地回到自家摊位上的时候，苹果嘉儿已经在收摊了。苹果丽丽也刚好回来，她垂头丧气，两手空空。

“你们俩总算回来了！”苹果嘉儿叉着腰说，“我和麦托什大哥刚才都忙疯了！你们倒是轻松呀！”

苹果丽丽的嘴噘得老高：“我排了一天的队！好不容易排到我了，削苹果器居然发完了！婆婆说得对啊：苹果大卖会太坑了！一点也不好玩！”

“是吗，可我改主意了哟。”史密夫婆婆调皮地眨眨眼，“我觉得今天还挺好玩的！”

“好吧，今天就收工吧！”苹果嘉儿套起马车，“我们可以回家了吧？”

“对啊！”麦托什大哥拉起空空的马车，迈开步子走在了前面。

不过，他们没走出多远，就看到前面围了一堆小马，全部伸长了蹄子在那儿喊：“我要我要！”“噢噢噢噢！”“给我！给我！”

“哇，这边又有促销吗？”苹果丽丽忍不住又挤上前去凑热闹。

只见马群中央又唱又跳正在大肆推销的，不是别的小马，正是——奸商兄弟！

“啊，你的苹果怎能不削皮，我们有个好主意！现在

价格超便宜，削皮器八千卖给你！”弗立姆把他们的产品举得高高的，从大家的鼻子前晃过。

“还有苹果核太讨厌，去掉它一点也不方便！一秒钟和它说再见，我们的削皮器卖八千！”弗莱姆挥舞着帽子，大声唱道。

最后，他们一起唱出了和声：“干吗不上前试一下？包你满意带回家！削皮器质量顶呱呱！”

“天哪，奸商兄弟重出江湖了啊！”苹果嘉儿想了想，似乎明白了什么，她难以置信地看向史密夫婆婆，“婆婆，我突然觉得，他们俩和好了，这事儿跟你有关哦——”

“哎呀，哈哈哈！你在说什么哪！”史密夫婆婆立刻装作耳背的样子，打着哈哈。

“别装了！肯定是你撮合的！我说得对吧？”苹果嘉儿步步逼近。

“嗯……嗯……好吧，我承认，我就撮合了那么一丁点儿。”史密夫婆婆咧开嘴，心虚地笑笑。

苹果丽丽简直不敢相信自己的耳朵：“你不是最讨厌他们了吗？他们可是奸商兄弟呀！又浮夸，又喜欢卖假货，跟我们还是死对头，你怎么帮起他们了？”她抬起蹄子摸了摸史密夫婆婆的额头：“你不是发烧了吧？”

史密夫婆婆一把打掉苹果丽丽的蹄子：“因为我觉得，家人和朋友是生命中最重要的一部分啊！不过有时候大家总是忘了这一点，我觉得应该提醒提醒他们，就算是像奸商兄弟那样的坏家伙，我也不想看他们失去自己的亲人。”她又摸摸苹果丽丽的头：“我说的这番话，你可要记住哦！”

“记住啦！”苹果丽丽想了想，又说，“那要是今天闹矛盾的不是奸商兄弟，而是……是哪个卖橘子的，你还会去劝和吗？”

“别开玩笑了！卖橘子的？要是换了一对卖橘子的兄弟，我才懒得管，就让他们闹一辈子别扭吧！哈哈哈！”史密夫婆婆大笑起来，笑声和夕阳下的影子一样，拉得好长好长。

### 奸商兄弟的“亮闪闪”友谊箴言

总有些光芒，要我们肩并肩才会绽放。哪对好朋友没有闹过矛盾呢？不用担心，或许矛盾可以让你们看清彼此的重要，或许矛盾就像大雨——总有雨过天晴的一天！噢对了，祝你收获亮闪闪的雨后彩虹！

# 好好脾气秘方

# 1 好脾气的柔柔

如果你到小马谷去做个调查："小马谷里谁的脾气最好、最温柔？"

保证所有的小马都会告诉你：是柔柔！

请你接着问第二个问题："那么谁的脾气最暴躁？"

估计会有小马发着抖说："铁……铁威先生！"

这个名字光是说出来都够恐怖了！

铁威先生是一只牛头怪，他的家是一个大大的迷宫，他的肌肉比最壮的健身教练还要发达。只要他往你面前一站，就像一堵坚硬的铁墙！而他的脾气嘛……

这么说吧：你最好不要招惹他，否则会死得很惨！

你可能不会相信，温顺的柔柔和硬汉铁威先生之间，还有一段故事呢。

事情是这样的：柔柔因为脾气太好，到哪儿都是受气包——别的小马在她前面插队，她敢怒不敢言；要是有小马惹到她了，她不但不好意思训斥人家，反而要跟人家道歉。

大家都说柔柔太软弱了，她自己也这么觉得，就跑去报了铁威先生举办的“自信培训班”。听说这个培训班能让人的性格变强，柔柔想让自己变得不那么好欺负。

铁威先生的教学思路非常简单明确——不管谁惹了你，就要他们好看！

听上去很理直气壮对不对？柔柔就是这么学的，可是渐渐地，问题来了——大

家发现，柔柔变了，她变得蛮不讲理、喜欢报复，她的脾气变得超级无敌暴躁！

这哪里是自信啊，这是蛮横嘛！大家不喜欢这样的柔柔，柔柔也不喜欢这样的自己，她把自己关在家里好好反思了一通，终于想明白了：敢于维护自己，和态度过分强硬，完全是两码事。她需要做的是学会勇敢地表达自己的想法，向一些霸道的行为说不，而不是变暴躁。

当时，铁威先生大摇大摆地来收钱，却被柔柔坚定地反驳了回去。理由很简单——铁威先生说了，对学习效果满意就付钱，然而柔柔发现自己变得蛮横又暴躁，她对这样的学习效果简直太不满意了！所以按道理说，她是不需要付学费的。

这就是他们之间的故事。唉，与其说是故事，倒不如说他们结了个小小的梁子。

## 2 不速之客

“今天天气超好！”紫悦和穗龙迈出家门——好天气说不定会有好事情发生哦！

“哐哐哐——”一阵尘土飞过，紫悦刚洗好的毛瞬间就蒙上了一层灰。

“是啊……天气真好……”穗龙吐了一口嘴里的灰，“呸呸呸！哪来的沙尘暴！”

仔细一看，哪里是尘土啊，明明是一大波小马，他们一边跑一边还喊道：“他来了他来了！快逃命吧！”

紫悦刚想说什么，就听到一个粗粗的大嗓门吼道：“柔柔呢？给我出来！”

“我的妈呀，穗龙，我觉得这个声音好像是……”紫悦一低头，发现穗龙早就抱着脑袋蜷缩在地上了！

就在此时，一股魄力逼人的气势扑面而来——“咚！”巨大的脚步声越来越近了！

“快跑！”紫悦一把拉住穗龙，赶紧向柔柔家跑去。

看到几个小伙伴都在柔柔家门口，紫悦的心里终于有了一点底——人多力量大，不怕他！

“紫悦，你总算来了……”苹果嘉儿抬起蹄子冲她挥了挥，还没来得及放下蹄子，就听到一阵巨大的咆哮声席卷而来——

“把柔柔给我叫出来！”

“是铁威先生！”大家瞬间进入戒备状态。

“不怕!”紫悦挡在了最前面，“姐妹们，有我们在，他就休想动柔柔一根毛!”

“没错！我们要把他打得屁滚尿流，满地求饶!”碧琪在队伍的最后高举着前蹄，激动地叫起来，结果一不小心，蹄子抽到了自己的脸上。

“呼哧……呼哧……”铁威先生的巨大牛头终于出现在大家面前，他喘着粗气，恶狠狠地张开大嘴一声吼：“我说最后一遍——把柔柔给我叫出来!”“呼——”他喷出来的鼻息都能把大家的鬃毛给吹飞。

紫悦理了理鬃毛，面不改色，认真地告诉他：“不好意思，柔柔不在!”

“对！她不在!”云宝、苹果嘉儿、珍奇和碧琪一起喊道。

“那就，把她，叫回来！要不然……我要你们好看！”铁威先生板着脸一字一顿地威胁道。

“口气挺大呀？”云宝霸气地叉着手，飞到铁威先生跟前，用自己的鼻子抵着铁威先生的鼻子，蔑视地说，“我看你就是仗着自己体形大，欺负我们小马！”

珍奇帅气地一甩头发：“你脸皮可真厚呀，铁威先生，还好意思来找柔柔收学费？”

苹果嘉儿指着他的鼻子，继续撂狠话：“柔柔在你那儿什么玩意儿都没学到，只学了一堆垃圾！垃圾是不值钱的！我们没要你赔偿精神损失费就不错了！我看，你还是快点滚蛋吧！”

轮到碧琪发言了，她对着铁威先生仔细瞅了两眼，然后说：“哇，你穿了鼻环哎！痛不痛啊？”

“碧琪！”几个小伙伴顿时崩溃了，她们拽拽碧琪，小声说，“我们是在撂狠话！

麻烦你保持一致好吗？”

“噢！咳咳……呃，你一分钱都别想拿！”碧琪马上补充道。

“谁说我是来要钱的？”铁威先生说完，一下子失去了刚刚的气势，突然扭捏起来，他吞吞吐吐地说，“我，我需要柔柔的……帮助……”

大家傻眼了——彪悍的铁威先生，竟然需要弱小又温顺的柔柔的……帮助？

“吱呀——”柔柔家的门开了，她探出头，友好地问铁威先生：“请问，你有什么忙需要我帮呢？”

“柔柔，你找死吗？”云宝吓得一把拦住她。

“我们可是在帮你打掩护啊，你怎么自己跑出来了！”紫悦恨不得把柔柔塞回门里去。

柔柔用无比温和的声音说：“我知道你们是在保护

我，谢谢你们。可是……铁威先生好像真的遇到烦恼了。铁威先生，你究竟需要我帮你什么忙呢？”

“哎呀，说起来真是难以启齿啊……”铁威先生不好意思地摸摸头，“我被夫人赶出来了，她不让我回迷宫了，说……说我脾气不好，又老爱惹是生非，所以……所以她想让我改改脾气……”

“怎么改？”大家好奇地问道。

“她说……她说……想让我做一个安静的美男子！”铁威先生脸一红，害羞地说。

几只小马愣了几秒，接着，碧琪忍不住“噗噗”地笑了出来，云宝也跟着大笑起来：“哈哈哈！你？安静的美男子？开什么国际玩笑啊？”

“不管是谁嘲笑我，我一定不让他好过！”铁威先生立马换上凶神恶煞般的表情，紫悦一看这情形，赶快安慰他：“我代云宝向你道歉！云宝，别笑了！”

“咯咯咯咯咯……”云宝还在地上笑得打滚。

紫悦只好无视她，继续对铁威先生打着哈哈：“不是我们不想帮你，只是……”

“我愿意帮你！”柔柔细细的声音突然冒出来。

“我没听错吧？柔柔，你要把铁威先生改造成安静的美男子？”苹果嘉儿翻了个白眼。

珍奇也悄悄地说：“就是就是，他可是最野蛮、最粗暴的铁威先生哎！在他身上浪费时间，不值得的！”

然而柔柔挽住了铁威先生的胳膊，直接把他带进了屋，又扭头对小伙伴们说：“我觉得也不是不可能呀。你们不用担心啦，我要给铁威先生制订变身课程咯，咱们回头再说吧！”

说着她就带上了门，留下五个小伙伴

在门外面面相觑，目瞪口呆。柔柔能改变铁威先生吗？

##  失败的改造计划

铁威先生一进门就吓了一跳——柔柔的家里满是小动物：天花板上吊着蝙蝠，各种小鸟把她家当作了鸟窝，小兔子和老鼠占领了她的沙发，小鸡仔们到处“叽叽叽”地乱跑……噢，还有一只河狸，胆大包天地跑来蹭铁威先生的脚。

心情不好的铁威先生差点就把那只河狸给踢翻了。还好，他忍住了。

柔柔坐上沙发，亲昵地摸着小老鼠的头说：“这些小

动物都要靠我养活。照顾小动物会让你多一点耐心，让你变得更亲和、更大方哦!”

铁威先生好不容易找到一张没被小动物占领的椅子，他拘谨地坐下来，看看满屋子的“住客”：“呃……你照顾他们……有钱拿吗?”

“当然没有啦。”柔柔细声细气地说，“钱不是目的，只要大家开心就好了呀。好了，我来教你照顾小动物吧——”

她拿了一小袋米出来喂小鸡仔们：“米是给小鸡们吃的，他们的食物要记得不能多也不能少哦——喂少了，他们就要挨饿啦；喂多了，他们会伤着胃。所以一定要细心，细心，再细心。”

“小鸡仔咋就那么娇贵了。”铁威先生粗声粗气地嘟囔了一句。

柔柔又拿出两种奶酪给小老鼠："白老鼠喜欢吃瑞士奶酪，灰老鼠喜欢吃干酪，千万要记得哦，不要弄错啦！"

"不都是老鼠么，口味咋还不一样了。"铁威先生不以为然地咂咂嘴。

最后，柔柔端出两个茶杯："还有吸蜜鹦鹉，他们只喝我做的特调花蜜。你试着喂喂吧。"

铁威先生笨手笨脚地接过茶杯，像个傻乎乎的大木桩一样，一手端一杯花蜜，然后伸直手臂。所有的小鹦鹉都马上飞来，"叽叽喳喳"地落在他身上，好像很喜欢这个结实的"木桩"。

"哎哟喂！他们好像挺满意的！"铁威先生得意地说。

"你表现得不错呢！"柔柔鼓起了掌。接着，她把铁威先生推到一只小兔子面前："我来给你介绍一下，这只小兔子是特别照顾对象——安吉尔。嗨，安吉尔！”她把脸贴过去，跟安吉尔蹭了蹭，可是安吉尔却摆出一张臭脸，不耐烦地跺着脚。

“安吉尔对伙食特别挑剔，他只吃味道最完美的蔬菜！”柔柔强调道。

“那刚好！”铁威先生得意地说，“我可是个美食家！来来来，让我给这个小兔子整一顿大餐吧！”

说着，他就戴上厨师帽、围好围裙，瞬间变身一位大厨，然后操起调料罐和蔬菜，自信无比地开始烹饪。

二十分钟后，铁威先生的料理出炉，柔柔先凑上去闻了闻：“嗯，味道好像不错呢！”

铁威先生自信满满，哼着小曲儿把它端到安吉尔面前：“给你，小东西，吃吧！”

谁知道，安吉尔对着这盆料理抽了抽

鼻子，只闻了一下，就“咣当”一声把它给掀翻了。柔柔眼瞧着装料理的盆子在空中划过一道弧线，最后不偏不倚地扣在铁威先生的头上——盆子里的蔬菜毫无悬念地倒了他一脸。

铁威先生头上的青筋瞬间爆出，他咬牙切齿，眼看就要发飙：“谁把食物扣在我头上，我就要他看不到明天的太阳……”

柔柔吓得赶紧把铁威先生推出了家门——再晚一秒，他就要把房子给拆啦！

“啊……安吉尔太难伺候了，要不，我们还是从简单一点的任务开始吧！”柔柔改变了教学计划。

这回，轮到她来给铁威先生做培训了，可是这个培训任务，还真是不简单哪……

# 暴躁难改的铁威先生

什么任务适合铁威先生呢？柔柔想了想，把他带到了碧琪的甜品店。

“好啦好啦，咱们来试试新任务。这个你总该喜欢了吧？”柔柔把铁威先生塞到了柜台后面。

“我说……干服务生工作，有没有报酬啊？”铁威先生立马问。

“有的有的！你看，多为顾客服务，你就能把耐心和亲和力融入自己的生活中了，这就是报酬啊。而且，这报酬比钱要

珍贵多啦！”柔柔再三安慰他。

铁威先生顿时拉下了脸：“你的意思就是没钱拿呗？”

“对于你来说，亲和力可比钱重要多啦！”柔柔冲他眨眨眼。

这时，门“吱呀”一声开了，碧琪激动起来：“噢，来人啦！”

“要吃什么玩意儿？说！”铁威先生两手一叉，凶神恶煞地瞪大眼睛。

“啊……啊……我走错了！对不起！我什么也不吃！”那只小马吓得猛一掉头，撒开蹄子跑了。

铁威先生这才后知后觉地挠挠头：“嗯……我说错什么了吗？”

“不是跟你说了吗，要耐心，要友好点！”柔柔叹了口气。

“噢噢，对对，我给忘了。下次注意，下次注意，嘿嘿……”铁威先生粗粗一笑。

这时，又进来了一只戴眼镜的小马。铁威先生这回语气好了点儿：“你好，小姐，想吃点什么？”

这个小姑娘扶着眼镜在柜台前瞅来瞅去，半天都拿不定主意：“我看看哈，我要吃……嗯……这个吧……哎呀不好，还是那个吧……嗯……要么换成这个……”

“我看你是想吃巴掌！滚！”铁威先生差点掀翻桌子。

“呜呜呜……我还是不吃了吧！”小姑娘吓得飞也似的跑了。

柔柔深吸一口气，心平气和地给铁威先生上起了课：“你这样不行的。咱们还是先来排练一下吧。碧琪来扮演顾客，你负责招待她，记得哦——要耐心，友好点！”

碧琪装作来买甜点的顾客，开心地凑到了柜台旁边。

铁威先生耐着性子跟碧琪打招呼：“请问小姐需要点什么呢？”

“我看看哦——嗯，我想吃巧克力纸杯蛋糕。”

“这个味道确实不错！”铁威先生赶快说，巴不得碧琪赶快就买了。

“哎呀，可是呢，我还想吃泡芙！噢，冰激凌圣代也想吃！哎哟等等啊，这个草莓派好吃吗？哇，你们还有公主蛋糕？”碧琪在柜台前蹦来蹦去，就是不决定吃哪个，纠结到最后，她干脆推开门走了，“哎哟，还是算了吧，我才发现我午饭吃得太饱，啥也吃不下啦！拜拜！”

铁威先生差点气得当场毙命！

看来招呼顾客也不适合他，柔柔再三思考，还是把铁威先生带走了。

那么，去苹果嘉儿的苹果园怎么样？

“也许你应该避开小马聚集的地方，感受下大自然。”来到苹果园后，柔柔把铁威先生介绍给了苹果嘉儿。这儿人烟稀少，只要和苹果树打交道，不需要跟别的小马打交道，说不定很适合铁威先生呢。

“我举双手赞同！和自然母亲在一起，你会感到自己的力量很渺小，自然就谦卑起来啦！”苹果嘉儿说得头头是道，“要是你生气了，就去踢踢苹果树吧！你尽管用全力去踢，反正苹果树是纹丝不动的！它们永远都在默默承受，没有半句怨言，却始终屹立不倒！”

“哼哼哼，让我来！”铁威先生大摇大摆地走到一棵苹果树下，蓄满力气，然后猛地向前冲去——

“哐！”苹果树居然被他的牛角给

顶翻了！“哗啦……”一整棵苹果树瞬间倒在了地上，上面的苹果无一幸存。

铁威先生也好不到哪里去，他被巨大的冲击力震得两眼冒金星，晕晕乎乎地趴倒在地，半天爬不起来。

史密夫婆婆一直在一旁冷眼瞧着，看到铁威先生竟然撞倒了苹果树，她终于忍不住瘪着嘴巴说：“哎哟喂，小兄弟，你这样可不行啊！”

“对啊！”麦托什大哥附和道。

三次尝试都以失败而告终！铁威先生濒临崩溃边缘，柔柔也很苦恼——想了这么多办法都没用，他这暴脾气，真的就不能改了吗？

## 5 改造课程彻底失败

一天下来已经很累了，柔柔带铁威先生来到了保养美容院。现在不是急于求成的时候，劳累了一天，也该好好放松一下啦。

“欢迎欢迎！”美容小姐拿来了宽松的浴袍，帮他们换上。

“可能我们之前尝试的方法压根儿就不对，搞不好你是因为长期处于紧张的状态，所以脾气才不好。我们来试试减压放松疗法吧！”柔柔告诉铁威先生。铁威先生从来没进过美容

院，显得有点不知所措。

“我确实没尝试过这玩意儿……管用吗？”

“放心吧，亲爱的，你应该好好享受一次放松的感觉！来来来！”美容小姐给铁威先生倒上气泡酒，盘上了汗蒸头巾，敷上了面膜，开始给他的蹄子磨指甲。噢，他的眼睛上还敷着两片黄瓜呢。

“怎么样啊？是不是很舒服？”柔柔也趴在舒服的枕垫上，享受着按摩。

“哎嘿，还真不错呢，我以后可以自己多来几次！”铁威先生抿了一口酒，舒坦地说。

就在这时，门厅里传来了一个熟悉的声音。

“啊，是云宝！好巧！”

柔柔正说着，云宝就大大咧咧地进来了，她一眼就瞧见了正在享受保养的铁威先生。

“噗……哈哈哈哈哈！”云宝一瞧见铁威先生那副造型，立马笑翻在地，“哈哈哈！笑死我了！铁威先生，你怎么整成这副熊样啦？没想到一天下来，你被柔柔改造得变成个女的啦！”

天哪！大家都傻眼了——她竟然敢当面嘲笑铁威先生！不要命了吗？

铁威先生满脸通红，怒火中烧。他猛地一站，双手发力——“刺啦！”浴袍被撕成了碎片。“啪！”酒杯碎成了碴。脸上的面膜和黄瓜片直接飞到了天花板上，拍得稀巴烂。

“我受够了！受！够！了！”他头也不回地砸开门，扬长而去，“修什么心，养什么性！全都给我见鬼去吧！见鬼去吧！”

“咦，奇怪，他怎么突然就生气啦？”

云宝傻乎乎地问。

“哎呀，云宝！瞧你干的好事！你把他气走啦！天哪，他要上哪儿去啊？”柔柔急得追出门去。

“看这方向，好像是想去永恒自由森林呀。”云宝伸头看了看。

“糟啦，铁威先生，等等！”柔柔展开翅膀，飞到空中，追着铁威先生远去。

铁威先生的步子迈得超级大——看来他这回是真的发怒了。

“别管我！让我一个人待会儿！”说完，他一会儿就跑没影了。

“铁威先生？铁威先生？”柔柔在永恒自由森林里不断地搜寻着他，可是森林那么大，铁威先生究竟上哪儿去了啊？柔柔心急如焚——这片森林里隐藏着无数怪兽，危机重重，再加上铁威先生现在那么冲动，万一出了什么事儿，那可不是闹着玩的！

柔柔找到铁威先生的时候，他正失落地坐在一块大石头上，托着腮，仿佛在想着什么。

哎呀，铁威先生可从来没有露出过这么失落的样子呀……他平日里都是气宇轩昂、盛气凌人，从没这样孤独忧伤地缩在角落里……

“让我一个人静一静！”他瓮声瓮气地说。

“我替云宝向你道歉！”柔柔轻轻地坐到他旁边，“她不该笑你，不过你也不必放在心上啦。”

“也不光是因为她嘲笑我……”铁威先生郁闷地托着腮帮子，“你说我为什么就改不了这臭脾气呢？我自己也知道脾气不好是缺点，可就是改不了……我看我是回不了家了。”

# 6 一个温柔的铁威先生

柔柔温柔地看着铁威先生："你和你夫人之间究竟发生了什么呀？她怎么突然要赶你出门呢？"

铁威先生看着脚下的草地，深深地叹了一口气，慢慢地用他那低沉的声音说起来："嗨，我不是整天都在忙自信培训班的事么，一直忙着赚钱，所以也很少回家。我儿子在家里表现也不太好，听说老是顶撞他妈妈，不服管教。在学校里，他也是个小混混，当众对老师出言不逊，搞得老师很没面子。老师说他是最顽劣的学生！"

"这……"柔柔面露难色，"听上去确实有点麻烦……"

“是啊，所以我夫人就想跟他好好谈一次心。她问我儿子这些行为举止都是从哪学来的，结果他说……是跟我学的……老实说，我心里还是有点自豪的……”铁威先生嘿嘿一笑。

“自豪？”柔柔傻眼了，“这有什么好自豪的！他的行事态度惹出了很多麻烦呀！”

“他可是一只牛头怪！哪个牛头怪没有年轻气盛的时候？”铁威先生挺起了胸膛，“作为牛头怪，就要态度强硬！要敢于为自己发声，捍卫自己的地位！”

柔柔眨眨眼，认真地问他：“那我问你，如果他也这么对你呢？”

“他敢！”铁威先生顿时不乐意了，“我才是一家之主！这小子要是敢对我有一丁点儿不恭敬，我就……”

“你看！对你不恭敬不行，那他对老师不恭敬难道就可以了吗？”柔柔反问道。

铁威先生陷入了思考：“这……嗯……这个问题我倒没想过。好像是不对啊……”

“不仅对老师的态度要好，就算是对待陌生人，也应该拿出和善的态度才对。我再打个比方吧，要是你的学员当着其他学员的面跟你顶嘴，你会有什么感觉呢？”柔柔进一步提问。

铁威先生边想边说：“我会觉得很恼火。可是，他们花钱来上我的培训班，就是要我把他们变得强势啊……”他停下来思考了一会儿，接着说：“你的意思我好像明白了一点……就是说，你可以态度强硬，但是也要看情况，无论什么时候都霸道强硬，不是好事。”

“没错！恭喜你，完全理解了我的意思！”看到铁威先生忽然开了窍，柔柔突然感到一阵激动。

“而且，每一个生命都值得我们尊重！”铁威先生露出了温和的笑容。

“很好！”柔柔用眼光鼓励他继续往下说。

“而我，要把这些道理教给我儿子！”铁威先生满意地叉起胳膊。

“棒！”柔柔鼓起了掌，“你甚至还可以把这个道理教给你的学员们！”

“哈哈哈哈！别开玩笑了，我可是牛头怪！教大家这玩意儿，我还怎么养家糊口啊！”铁威先生潇洒地一笑，“本来我不理解，为什么我夫人要我改改脾气，学学人家，做一个安静的美男子，现在我懂了——并不是要我完全改变自己的脾气，只是我要知道：不同的时候，面对不同的

人，要采用不同的态度！柔柔，为了表示我的感谢，我要请你们吃一顿大餐！”

“好呀！”柔柔跟铁威先生一起走出了永恒自由森林，“我去把大家召集起来哦！”

一听说铁威先生要请她们吃饭，几只小马都不敢相信自己的耳朵——要是换在以前，铁威先生不把她们吃了就不错了！

暮色降临，大家有点惴惴不安地聚在餐桌旁边。铁威先生把这次聚餐安排在花园里，周围还点上了好看的灯，淡淡花香在轻柔的夜风中浮动——这用餐环境可真是清新啊，简直不像是他的风格了。

紫悦佩服地看向柔柔：“简直难以置信！柔柔，你怎么能说动铁威先生那个死脑筋的啊？”

“嘘——别被他听见了！”云宝吓得四处张望，“小心他又发飙！”

柔柔笑了笑：“他没那么暴躁啦，放心吧。不过他确实还有很长的路要走，希望以后他能更好地控制自己的脾气，给儿子树个好榜样，嘻嘻——”

“说老实话，我不太相信他的厨艺哎……要是他做的菜很难吃的话，我们是不是也要装作很好吃的样子啊？”云宝皱着眉头问。

“他的手艺应该不赖吧，我相信他！”柔柔正说着呢，铁威先生就从厨房里推门走出来了。他手上托着满满一托盘的菜肴，胳膊上搭着餐巾，彬彬有礼地说：“晚餐准备完毕！要开饭咯！”

他手脚麻利地把所有的盘子整整齐齐地摆在桌子上，接着轻声说：“菜都齐了，请各位慢用。”这谦和温柔的姿态，简直像

换了一个人似的。

碧琪飞速把一整盘草莓派揽到了自己怀里："草莓派是我的！谁都不许跟我抢！"

"我才不跟你抢呢，我只吃苹果派。"苹果嘉儿对那盘草莓派毫无兴趣。

穗龙的面前是一盘小圆面包。

"看起来不错！要是用火烤烤就更好吃了！"说着，他喷出一团火——面包在火中"滋滋"作响。

"哎呀，有点烤过头了！嘿嘿，只好我自己吃啦……"穗龙心虚地一通傻笑。

珍奇对着一盆蔬菜做起了色彩分析："豌豆配胡萝卜？难道没有听说过'红配绿，丑到哭'吗？这样的色彩搭配很糟糕的。"

"唉……"云宝鼻子底下的菜嘛，很不幸，是她讨厌的甘蓝，“有甘蓝！好恶心啊！呕……”

紫悦叉起一块沙拉塞进嘴里嚼了嚼，面无表情地说：“嗯……马马虎虎吧。”

大家就没给出一句好评，铁威先生在一旁听了，有点手足无措。

“我觉得每道菜都很好吃！”柔柔走下座位，站到铁威先生面前，笑着说，“铁威先生，谢谢你，为我们大家做了这么用心的一餐！”

铁威先生顿时喜笑颜开，他一把把柔柔和云宝搂进怀里：“谢谢大家！尤其要谢谢你，柔柔！”

“啊啊啊……放开我……我……要……喘不过……气了……”云宝痛苦地挣扎道。

“好了，各位，你们慢慢吃，我要回家了，家里还有两只我最爱的牛头怪在等我

呢！”铁威先生潇洒帅气地一转身，大踏步消失在了夜色里。

“真有你的，柔柔，暴脾气还真是变成了美男子。你怎么做到的？”云宝百思不得其解。

“你只要记住一句口诀就好了——耐心加友好，没有什么问题解决不了！”

### 柔柔的“温和”友谊箴言

谁都不想和铁威先生一样霸道，我不想，你也不想吧？发脾气很容易，控制脾气却很难。不过，既然铁威先生都能做到，相信你也可以的！“耐心”和“友好”，这两个魔法口诀会帮你成为温和的小天使哟！

# 英雄也犯恐惧症

# 1 从天而降的秘密任务

“嗖——嗖——”两道闪电在小马谷的街道上闪过。噢不，那是两只小马！她们风驰电掣般闪过篱笆，闪过房屋……简直像是专业的飞马队队员！

暂时落后的那一位是脚踩轮滑车、头戴安全帽的醒目露露，众所周知，她是可爱军团中的一员。可爱军团的成员是三只可爱的小马——苹果嘉儿的妹妹苹果丽丽、珍奇的妹妹甜心宝宝，还有云宝的干妹妹醒目露露。三个小家伙都没有可爱标志，所以她们结成联盟，把寻找可爱标志当作生活中的最大目标。

抢在领先位置的是云宝，她挎着小背包，背包里塞满了……各种信件！

“我跟你说，醒目露露，要想当个好邮递员，诀窍就是——投递要快、准、狠！”

说着，云宝抽出三封信，一扬蹄子，信封便像飞镖一样射了出去——“咻！”一封扎进了人家的花盆里。“咻！”又一封栽进了清洁工大叔的……水桶里。“咻！”第三封扎进了老奶奶正在洗的头发里……

而云宝似乎对自己的工作完成情况还挺满意，她乐呵呵地在空中翻了个圈。

“你就是个临时邮递员嘛。我知道，你才送了一个小时的信！别搞得好像自己是行家似的！”醒目露露滑着她的滑轮车，跟在云宝后面，一针见血地说。

“别瞧不起一个小时啊，一个小时够你学到很多东西了！”云宝优哉游哉地说，从包里掏出最后一封信，“我看看，最后一封是给……咦，是给我的！寄信人是……”

“哎哎哎哎哎！”云宝发出了超高分贝的惊呼，“我的妈呀妈呀妈呀妈呀！是喷火寄来的！”

可不是吗，信封上寄信人那一栏写得清清楚楚明明白白——喷火长官，闪电飞马队学院，云中城。

云宝迫不及待地把信封扯开，心急地凑上去读了起来：“致闪电飞马队预备队员云宝：现征召你参与一项顶级重要的秘密任务，请速来云中城报道！闪电飞马队队长喷火。啊啊啊啊！妈妈咪呀！秘密行动！还是喷火分配的！不得了啦！”

她瞬间开启极速模式，把邮包丢给了醒目露露：“这工作就交给你了！我要走

了！噢，别忘了帮我遛遛我家的乌龟！”

话音刚落，她就飞得没影儿了。

当然啦，现在的首要任务就是——火速赶往云中城！

“云宝·黛西报道！”

云宝一个急刹车，停在了闪电飞马队学院的门厅里。

“你迟到了！”喷火还是一如既往的酷——她站得笔挺，翅膀一丝不苟地背在后面，防风眼镜被推到了额头上，眼镜下是那飘逸的金色鬃毛。

“抱歉，长官！我向你保证，我真的是火速前来的！”云宝恭敬又激动地“啪”地敬了个礼。

“我相信你，黛西。毕竟，你是我见过的最棒的飞行员之一！你的能力我毫不质疑，所以这次任务我选择了你。”说完，喷火对她抛了个媚眼。

“请明示，长官！”云宝努力抑制住内心的喜悦，其实她早就想扑上去问啦。

“你被选召来，是要参与一项特殊的秘密任务！黛西，你可要做好心理准备——这说不定是你人生中最严酷的一次考验！希望你严阵以待！”喷火戴上防风眼镜，一个箭步冲上了云霄。

云宝振动翅膀，紧随其后：“可是……为什么要选我呢？闪电飞马队的其他成员不是都很棒吗，她们难道不能胜任这次的任务吗？”

喷火神神秘秘地说：“呃……因为……这项特殊任务对她们是保密的！你也要守口如瓶！千万不能让她们知道这事！”

“我保证，长官！”云宝在自己的嘴上拉了道“拉链”——只要喷火吩咐，她一个字都不会泄露的。

她们终于停在了一栋建筑前。“就是这儿，接下来——你要迎接艰巨的挑战了！”喷火轻手轻脚地打开了门。

云宝顿时心跳加速——会是什么呢？可怕的怪兽？神秘的敌人？还是……她鼓起勇气朝门里看去。

## 2 飞行夏令营的小鬼头们

只见门那边的房间里，好几双大眼睛正眨巴着看着她呢！这些圆溜溜的眼睛又大又无辜……看上去一点也不危险……

当然啦！因为屋子里站着的，是一群可爱的小马驹！

“咦？怎么是……小朋友？”云宝瞬间傻了眼，“我还以为……呃……这是要干吗呀？”

“啊！”一个尖尖的嗓音叫起来，紧接着，一只淡黄色的保姆马冲到了云宝面前，她头发花白，戴着老花镜，可是神色间却透着可爱的孩子气，“你肯定就是班上的二号教练吧！”

“什么二号教练？教什么？”云宝现在完全搞不清状况——她不是来执行秘密任务的吗？怎么好像误入了什么教室？

“就是初级飞行员夏令营的老师呀！”保姆马两眼充满爱意地看着这一屋子的小马驹，他们正肆无忌惮地玩着拍手游戏、摔跤游戏、鬼吼游戏……把整间屋子搞得一团糟。

“不好意思哦，我不是老师。你肯定是认错人啦！”云宝吓得往后倒退几步。

“怎么会呢?”保姆马热情地把她拉到身边，“喷火小姐都跟我打过招呼了，她说会请一位助教过来，那不就是你嘛!”

云宝猛地回头，死命盯着喷火：“喂喂，你不是说有秘密任务吗?难道，你口口声声说的任务，就是给这些小屁孩上飞行课?”

“哎嘿嘿……对呀，那个……嗯，他们听说有真正的闪电飞马队成员来教他们，可激动了呢！你……你加油!”喷火翅膀一振，飞到了一边。

云宝不屑一顾地扯起嘴角，轻松一笑：“哼哼，我还以为你说的严酷考验是什么呢！就这啊?喷火，不就是教一群小不点飞行嘛，小菜一碟！来来来——”她伸出蹄子一捞，却挽了个空。

扭头一看，喷火居然神情紧张地缩在后面的角落里。她的反应可真怪——毛发竖起，翅膀僵硬，牙齿咯咯打战……到底是怎么了啊?

“你没事吧，喷火? 刚上课，我们是不是要来个开场白?”云宝拍了拍喷火的背。

“啊啊啊！我我我……我很好！我没……没事！”喷火咧开嘴，笑得超级不自然，“好……未来的小飞行员……员们！谁谁谁……谁想学飞行技巧?”

一听要学飞行技巧，刚刚还在玩摔跤的小屁孩们全部热情地举起手，争先恐后地往前拥，牙都没长全的小嘴全部在喊：“我我我我！”

这下可把喷火吓惨了，她瞬间退到墙角，飞快地说：“对对对……这是飞行夏令营，你们当然都想学飞行了……我刚才脑筋短路啦！我……”

云宝看了看手足无措、舌头打结、头脑短路的喷火，难道——她有“小朋友恐惧症”？

喷火满头大汗，想了半天，再次结结巴巴地开口：“那，既然要飞，我们就先……先来学习一下翅……翅膀的定义吧！”

她展开自己的右翅给小马驹们看：“看，这个就是翅膀，它上面覆盖的是……羽……羽毛。瞧见了吧？它们很……呃……”

小马驹们全都没了兴趣，有几个还打起了哈欠。

“老师！我们知道翅膀是什么！我们又不是傻子！”一只绿色的小马斜眼看着喷火，撇了撇嘴。

喷火看上去快要哭了。

云宝赶紧走上前，把喷火揽到一边，冲小学员们宣布：“嗯……这些理论知识回头再讲解吧！我们先来点实践练习，怎么样？首先，我们要做些简单的伸展运动，先热热身！”

她偷偷在喷火的耳朵旁边说：“翅膀是什么这种弱智问题，不用你教他们也知道啊！”

喷火挠挠头：“好……好像也对哦……那，那我们进入热身环节！”

## 3 吵吵闹闹的小家伙们

伸展运动开始！

两个调皮的小家伙互相抵住蹄子，开始了“你推我往”的拉伸运动——看上去

还是在做游戏嘛！而一只跃跃欲试的蓝色小马已经开始跳高高的圆环了，当然，他还没那么厉害，他向上一跃——卡在了圆环中间。

云宝举起一只棕色的小马，让她在空中尽情地伸展自己的身体，她们俩嘴里不约而同地发出“啾——啾——”的声音，看起来其乐融融。

然而喷火这边……可就没那么愉快了。

她被四五个小家伙围在中间，大家都跳着要她帮忙拉伸，还有个小家伙对她的装备很好奇，戳戳她的防风镜，又咬了咬她的翅膀，好奇地问：“为什么你的翅膀能飞得那么快呢？”

“啊……呃……我也不知道！”在团团包围中，可怜的喷火一脸惊悚。

“喷火老师！你最喜欢什么飞行姿势啊？”又有小家

伙发问了。

“呃……我……”面对接二连三的问题，喷火感到自己的大脑已经开始死机，一片空白。

云宝帮小棕马伸展完，已经开始对她进行深度指导了：“对对，就是这样，把翅膀收回来，自然点，慢一点，没错，就是这样！”

小棕马是个很有天分的小姑娘，她学得很快，也做得很好。云宝对自己的教学成果非常满意。不过就在这时，有个小小的蹄子轻轻地碰了碰她的翅膀。

“嗯……打扰你一下，黛西老师？”

云宝一低头，只见一只很矮很小的紫色小马驹害羞地看着她，细声细气地说：“我不太会做拉伸。你……你能不能帮帮我摆姿势呢？我怕我自己练得不对……嗯……不过……不

过你如果正在忙着帮别人，我……我可以等一等的。”

怎么能让这么可爱的小朋友失望呢！云宝轻轻地用翅膀揽住她：“没问题呀！来，告诉我，你叫什么？”

“嗯……”小家伙扑闪着长睫毛，“我叫卢滴露。”

“那我叫你小露比！”云宝亲昵地把她带到一边，“跟我来吧，我们找个空地来做拉伸练习！”

好心的云宝就这样给害羞的小露比开始了单独辅导。

这下可害惨了喷火——因为所有的小马驹都来缠着她啦！

“嘿！喷火老师！”一只麻麻脸的小家伙超大声地吆喝道，“你来帮帮我们呗！”

喷火吓得一蹦三尺高，她故作镇定，听这些小家伙叽叽喳喳地求指导。

“喷火老师！我们的伸展运动好像哪里不对！”

“喷火老师！你看，这个动作对吗？我觉得翅膀有点妨碍我！”

“喷火老师！瞧！我还能倒立着做拉伸呢！”

大家你一句我一句的，把喷火吵得手忙脚乱。她一会儿教教这个，一会儿教教那个：“不对不对，你的背弓得太多了……别倒立着做啊，太不安全了！”

“喷火老师！你有没有喜欢的马啊？”居然还有个小鬼头关心起她的感情生活了！

“啊？呃……救命啊！”喷火欲哭无泪——这群小鬼头怎么这么难缠啊！

而在小马群的外围，根据云宝的指导，小露比开始张开翅膀……拉伸前腿……拉伸后腿……

“哇！你做得很不错嘛！”云宝满意得很，“很有潜力！来，我帮你——你看，如果你把翅膀倾斜到这个角度，就可以舒展得更开了！你试试看？”她帮小露比调整起翅膀的姿势，小露比红着脸，终于露出了自信的笑容。

可是好景不长，云宝马上就被那些爱出风头的小家伙们带走了。

在落单的一瞬间，小露比的表情顿时变回了羞涩、不自信的样子。她默默地退到角落，一个人静静地练习起来。

## 4 喷火的“小孩恐惧症”

“老师再见！”“拜拜！”

呼！训练课终于结束了！云宝长舒一

口气，拍拍蹄子：“妈呀，吵吵嚷嚷的小鬼头总算走了！我的头都要炸了！不过还挺有意思的，特别是那个叫卢滴露的小姑娘，我觉得她是个好苗子！你可得好好留意她一下，说不定以后她就是闪电飞马队的备选队员哦！”

她一口气说完一大串，才发现喷火在旁边没有发出任何声音。

云宝一转头，只见喷火四肢发软地瘫倒在墙边，捧着自己的胸口，像搁浅的鱼，正夸张地大口喘气呢。

“喂……你……还好吗？”云宝伸出一只蹄子，戳了戳她，“要不要出去呼吸下新鲜空气，飞两圈玩玩？”

“好……”喷火的声音听上去有气无力。

回到广阔的天空中，她才勉强打起一点精神。

“唉……这下，我的小秘密全被你知道了……实话告诉你吧，我……我有小孩恐惧症。”她的翅膀懒洋洋地扇着，飞得比小鸟快不了多少。

“哎？小孩恐惧症？还有这种病啊……”云宝回想起喷火今天的种种奇怪表现，确实不太正常。

“哎呀，就是一到小孩子的面前，我就六神无主、头脑发愣、说话颠三倒四，像个傻瓜……真是太失败了……”喷火郁闷地捂着脸。是哦，堂堂闪电飞马队的队长，居然有这种毛病，说出去还真是有点丢人。

喷火使劲摇摇头，问云宝：“我今天上课是不是上得很糟糕啊？我也不想这样，可是一面对小孩子，我……我的飞行知识就好像也长了翅膀，直接从脑子里飞掉了！怎么办！”

“噢！难怪你要找我来当助教呢！”这么一说，云宝就全明白了——什么秘密任务呀，那是骗人的！真正的秘密就是——

喷火根本没办法一个人上课。她又不想让其他队员发现她这个毛病，只好求助云宝了。

“可是……为什么呢？你在我面前，在闪电飞马队员的面前，总是表现得相当专业，让人心生敬意啊！”云宝不太明白，同样是喷火，为什么面对不同的学员，她的教学能力竟然也不同呢？她教大人都没问题，怎么到了小朋友面前就那么紧张？毫无道理嘛！

喷火清了清嗓子，她的表情突然变得严肃起来：“因为，我对你们，可以尽情地严格要求！你们犯了错误，我可以严厉地批评你们！你们有任何缺点，我可以毫不留情地指出来！在你们面前，我可以严苛，可以刻薄，都没有关系！我知道，你们的心理强大，可以承受！而你们也知道，我的所有训斥，都是为了让你们进步，让你们成为这个世界上最强大的飞行员！”

“我明白啦！”云宝恍然大悟，“你习惯了严厉的教学方式，所以，突然把你放到脆弱的小朋友面前，你就手足无措了。你怕他们哭，怕他们害怕，怕他们觉得委屈……对不对？可是，喷火，我觉得你本来就是个好老师，更是一位优秀的飞行员。所以，面对这些小马驹，你唯一要做的事，就是做好你自己！拿出你的自信来，给孩子们展现最真实的你！你可是最棒的飞行老师呀！严格点，没关系的！经得住严格训练的孩子，才有可能成为坚强的飞行员！”

“经得住严格训练的孩子，才有可能成为坚强的飞行员。”喷火仔细回味着这句话。是啊，哪个飞行员是在温柔呵护中成长起来的呢？当一个缩手缩脚的老师，对孩子们又有什么好处呢？想到这里，喷火的脸上露出了一丝笑容。

## 5 喷火的严厉教学

第二天，云宝早早地赶到了飞行教室。幸亏她来得早，要是再晚来几分钟，这群闹腾的小家伙就要把训练器材全给玩坏了！他们在单杠上玩起了荡秋千，把吊环当成吊床，把起跳板当成蹦蹦床，简直无法无天。

“噢！噢！喷火老师没有来！我猜她生病了！老师生病了我们是不是就可以回家啦？”麻麻脸的小马驹充满期盼地说。

“哐！”教室门突然被撞开了。喷火的身影精神百倍地立在门口，高声叫道：“哪个小崽子说要回家？要回家现在就给我出去，待会儿可别哭着鼻子去找妈妈！”

教室里顷刻间变得鸦雀无声。在单杠上玩荡秋千的一只白毛小马驹“咚”的一声滚了下来，大家吓得全部乖乖站好队，连大气都不敢出。

“嗖——”喷火一振翅膀，瞬间从门口蹿到了队前。她在队列前昂首阔步地巡视了一圈，发话了：“听好了，你们别以为自己已经会飞了，以为你们拍拍翅膀，就能上天了。告诉你们，别做梦了！小鬼头们，你们离展翅高飞，还远着呢！”

说着，她突然把鼻子抵到小白毛的面前：“是不是？”

“是！是！还远着呢！”小白毛吓得呼吸静止，血液差点儿没倒流。

“有自知之明就好。”喷火满意地扯起嘴角，“告诉你们，如果我是飞行考试的主考官，就凭你们这态度，这技术，一个都别想过！但是，既然我来这里给你们上课了，你们就给我好好听！认真学！”

她斜眼看了一下快被吓哭的小马驹们，面不改色地继续说：“如果有谁觉得自己受不了高强度训练，我给你两个选择：一，等羽毛长全了，练两年再来；二，马上给我夹起尾巴退学！别给我哭！这里没有糖果和玩具可以安慰你们！”

“呜呜……呜呜呜呜……”那个被吓惨的小白毛眼睛里直往外飙眼泪，终于，他忍不住大哭起来：“呜哇哇哇哇！喷火老师好可怕啊！呜呜呜呜——”

他不哭倒还好，他带头一哭，大家都忍不住了，全部张开嘴巴号啕大哭：“哇哇哇……呜呜呜呜……”眼泪差点在教室里泛滥成灾。

一见大家飙眼泪，喷火顿时蔫了：“啊……你们怎么……”她吓得连话都说不出来，只好“嗖”地躲到了云宝背后。

云宝哪见过这个阵势啊，她也没辙，只好出来打圆场：“啊……嘿嘿……要不，咱们今天的课就到这儿？怎么样？今天回去休息，明天……明天再来噢。喷火老师今天心情不好，明天保证不可怕啦！”

她把哭哭啼啼的小家伙们一个个送出教室，心虚地嘱咐他们：“别忘了回去做伸展运动哦！别忘了……别忘了明天再来哦……”

明天再来？但愿明天还有学生愿意来！

关上门，云宝转过身面无表情地死死盯住喷火。

喷火内疚得不敢看她：“我……我是不

是严厉得过头了啊？”

“何止过头啊，简直就是惨绝人寰。”云宝没想到喷火从一个极端走到了另一个极端，她觉得今天的场面简直可以用“壮烈”来形容。

## 6 释放真本领吧！

怎么当一个恩威并重的老师，这个问题真是太难了！

“两连败！这简直是我的最差战绩。”喷火还从来没经历过这种挫败呢。

“也不能全怪你啊，”云宝有点不好意思，“是我给你出了馊主意嘛。”

“我觉得你的主意没有错，是我严厉过头了……其实我现在想想，他们只是小马驹，又不是闪电飞马，我凭什么要给他们施加那么大的压力呢？唉唉唉唉！太失败了！我干吗要来当老师呢，真是没事儿找事儿！”喷火气得把自己的头发揉得一团糟。

她郁闷地长叹一口气：“其实吧，一开始，我是根本不想当闪电飞马队队长的。”

“咦？为什么啊？”这可真是个新鲜消息，云宝一直觉得喷火超有领导才能，她是炫酷的队长，有着超群的飞行能力，队长这个位置，简直非她莫属！

“我刚参加飞行队时目的很简单——我喜欢飞行，我想飞得更好！当队长什么的，一听就很无聊，我才不想呢。”喷火和云宝说起了过去的经历。

“不过，慢慢地，我发现，队长的任务，并不只是带领其他队员。身为队长，更重要的是去鼓舞队员，激发大家的热情！让大家打心眼儿里想去翱翔！要以身作则，去激励大家，给大家进步的理由！这是做队长最最最大的意义！这不就是我擅长的地方吗？所以呢，我接受了队长这份职责，因为，我真的很喜欢看到自己带领的队员成长！”

“哇，喷火，要是我是记者，保证把你的这番话好好记录下来，发到报纸上，标题就叫……哎，就叫……”云宝想了半天也没想出标题。

“别开我玩笑啦，帮我想想办法吧！我只会严格要求别人，可是你也看到了，对小孩子太严格行不通啊，我对他们那么凶，说不定会破坏他们的自信，让他们从此厌恶飞行，害怕飞行！天哪，那不就和我的初心背道而驰了吗？”喷火越想越后悔——这些来参加训练营的小马驹们，本来都是小小年纪的好苗子，可不能被自己给毁了呀！

“让大家打心眼儿里想去翱翔……”云宝一边思考，一边飞过一片云，又飞过一片云……

在她飞过第三片云时，云宝突然开心地叫起来，兴奋地在空中翻了个跟头：“我想到了，想到啦！哈哈哈！”

说完，她就“嗖”地没了影子，只留下一句莫名其妙的话给喷火：“记得明天要来上课哦！我在教室等你！你一定一定一定要来！保证有好事发生！”

她说的好事究竟是什么呢？喷火想啊想，一直想到第二天早上都没想明白。

更可怕的是，第二天一早，眼瞧着上课时间已经到了，云宝还没来！

一屋子小家伙胆战心惊地看着喷火老

师，殊不知喷火的心里也正忐忑不安呢。她想宣布“上课了”，可是张张嘴，一个字也说不出来。

完蛋啦，小孩恐惧症更严重了！

喷火只觉得自己心跳加速，呼吸静止，她在原地兜着圈子，心里简直要抓狂：“云宝你怎么还不来？救命！”

“嘎吱——”教室门开了，不过进来的不是云宝，是那个害羞的小露比。

“对不起，老师，我……我迟到了……”小露比怯生生地站在门口，左前脚蹭着右前脚，半天不敢进来。

看到比自己还胆怯的小露比，喷火顿时恢复了一丁点儿自信：“你叫卢滴露对吧？进来，别怕嘛。黛西老师跟我说过你的，她觉得你很有天赋！”

可是小露比还是害怕地看着她，缩在门边不敢动。

喷火的脸突然红了起来——大概是自己昨天太凶

了，把这个小姑娘给吓坏啦。她赶快轻声细语地向她道歉："你……你别怕我……我昨天只是想对你们严格要求，刺激一下你们的学习欲望，我真的不是故意吓你们……"

没想到小露比后退了一步，低下头用很小的声音说："黛西老师今天还来吗？我想让她教我一些新的翅膀姿势……"

喷火的心猛地一沉——原来她已经不想跟着喷火学了。果然，学生们根本不喜欢她这样的严厉老师。想到这里，喷火的鼻子轻轻地一酸。

"黛西老师会来的，"喷火吸了吸鼻子，"她应该马上就……"

"砰！"门突然被云宝撞开，她跌跌撞撞地冲进来，惊慌失措地大喊："不好了不好了！龙卷风来了！"

什么？

大家一看窗外——天哪，真的有一支巨大的龙卷风正飞速袭来！才几秒的时间，窗外便飞沙走石，暗无天日！那支龙卷风越转越快，正一步步地向这边席卷而来！

“肯定是气象控制局又偷懒了，这么大的龙卷风都没有及时控制！太过分啦！我一定要去投诉他们！可现在该怎么办呢？”云宝破着喉咙号啕大哭起来。不知怎么的，她的表现看上去……有点夸张。

不过她这么一喊，可把学生们给吓坏了，大家全部哭着喊起了妈妈，教室里顿时大乱。

喷火来不及多想，她果断地戴上防风镜，回过头说：“孩子们，待在屋子里别动，全体趴低身体！黛西，你守着她们！”说完，她就一个箭步迈出了门，径直向龙卷风冲去。

## 7 单枪匹马大战龙卷风

喷火老师单枪匹马就去对抗龙卷风了！大家“哗啦”一下围到了窗边，瞪大了眼睛，眼睁睁地看着喷火的金黄色身影在乌云中画出一道光芒。

云宝瞬间一改刚才惊慌的模样，优哉游哉地踱到窗边：“好了，小朋友们别担心。现在，咱们搬搬小板凳，一边吃吃爆米花，一边悠闲地看看飞行专家的现场表演吧。”接着，她就走到窗户边，给外面的惊险画面做起了“场外解说”。

喷火的翅膀紧紧地向后贴在两侧，她

的流线型身体在狂风中飞速破出一条道路。

“看好了！她现在的起始动作是一个基本的后掠翼姿势！这个姿势能够在短时间获得极大的加速度！注意她的飞行方向！她是在顺风飞行，而不是逆风，这也有利于提速！”

喷火飞到龙卷风的旁边，侧着身体，开始顺着龙卷风的形状，一点一点地钻进它的中心。

云宝继续解说：“现在，她改为侧身绕行。啊，她钻进去了！没错！要阻止一场龙卷风，关键是加速下降气流，收紧气压中心！”

在喷火的飞速动作下，龙卷风像是一团巨大的线球，一点点地被收紧，规模也一点点地缩小。

云宝不失时机地指出喷火的飞行姿势要领：“快看快看！看她的主翼羽！在急速转向时，一定要调整好主翼羽的方向和力度！你们以后练习的时候，也要这样！”

龙卷风不断地缩小……缩小……“啪！”它终于消失不见了！乌云渐渐散去，天空恢复了晴朗的样子。

迎接喷火的，是雷鸣般的欢呼和一个个兴奋地扑过来的小身影。

“喷火老师，你消灭了一个龙卷风哎！”

“喷火老师！你好棒啊！帅呆啦！”

“喷火老师！你怎么俯冲得那么漂亮啊！”

“喷火老师，你太厉害了，这招能教给我吗？”

面对大家如潮水般涌来的问题，喷火简直难以置信。刚刚还对她退避三舍的小家伙们，瞬间全部成了铁杆粉丝，围着她七嘴八舌的，恨不得马上就开个粉丝庆祝会。

云宝得意地拨开小家伙们，挤到喷火

旁边："怎么样，喷火老师是不是很厉害？别挤别挤，给大英雄留点空间好不好？这样吧，今天上课呢，就让喷火老师给你们演示一些独家飞行技巧，怎么样？我继续当解说员，你们在观看喷火老师演示的时候，有任何问题，直接问我就好。"

喷火眨眨眼，立马明白了，她搭住云宝的肩膀，悄悄地问："这个龙卷风，应该不是凭空冒出来的吧？"

云宝对她挑挑眉毛："可不是！我花了十分钟才造出来的！头都绕晕了！"

"那还真是劳你费心了。你不会要我付劳力费吧？"

"回头再说！现在咱们先上课吧！"云宝一把把喷火推到了学生面前。小家伙们早就自觉地站好了队，就等着看喷火老师的动作示范呢。

喷火不再紧张，也不再害怕，她尽情地做出最帅的姿势，听着云宝在旁边做着解说："大家看好！首先是起飞的标准动作——俯下头，翅膀后掠，让身体呈现完美的流线型……"

"看到啦！好帅哦！"大家齐刷刷地鼓起掌来。

谁说给小朋友上课很可怕？明明一点也不恐怖！

喷火心里顿时美滋滋的，什么恐惧啊、紧张啊，统统不见了！

"老师再见！""明天见哦，喷火老师！"

这次，喷火是笑着送走学生们的。这节课真是太完美、太轻松、太舒服了！当然，这一切都要归功于——云宝。

"谢谢你！黛西！我的恐惧症已经好了！嗯，不过……我怕你一走，我就又变回老样子了……"一想到这个，喷火的翅

膀又耷拉下来了。

“说什么呢！”云宝用力地撞她一下，“谁都会有缺点啊，你别自暴自弃好不好！我觉得，总有一天，你可以毫无压力地给小朋友们上课，就像给飞马队队员上课那样潇洒自如！再说，就算你有压力，不是还有我嘛！我会帮你啊，我永远都会帮你的，所以，你千万不要不好意思来找我啊！只要你一句话，我随叫随到！”

“那就谢谢你啦！”喷火用力地撞了回去。

这时，她们的身后响起了轻轻的马蹄声。是小露比，她站到两位老师的中间，仰着头，脸上满满的都是自信。“谢谢老师教我们！我一定会努力学习，我……我希望，以后我也能成为闪电飞马队的一员！拜拜！”说完她脸一红，飞快地走了。

云宝和喷火相视一笑。“我觉得这姑娘以后必成大器！”喷火看着那个远去的紫色小影子说。

“还用你说？我早看出来啦！我的眼光不会错的！”云宝乐滋滋地说，“她就是有点害羞，不过没关系！就算是我们心目中的英雄，也有缺点啊！你说是不是？”

“你说谁呢！”喷火明知故问。

“反正没说你！哈哈！”云宝大笑起来。

### 云宝的“做自己”友谊箴言

你很棒，你非常棒，你特别棒！就算是最棒的英雄也难免有害怕的事情、不自信的事情，所以没什么不好意思啦！你一定要相信我，只要你做最棒的自己，什么恐惧，什么不自信……统统都可以甩到九霄云外！

# 甜点美味大爆炸

## 1 巡回小吃美食节

圆圆软软的甜甜圈！只要一口，就能甜到你的心坎里去！

蓬松可口的纸杯蛋糕！薄荷色、咖啡色、玫瑰色……每种口味和颜色都让你无法拒绝！

香甜的大苹果和大菠萝！不管是直接吃还是榨汁，或者是做成水果派，都勾得小马们口水直流三千尺！

筋道的面条美味无比，浓浓的汤底让你忍不住全部喝光！

……

你想要一下子吃到这么多美食吗？只有一个地方可以满足你——小马谷举办的巡回小吃美食节！

没错，现在小吃美食节正在进行中！

在这里，你可以尝到品种最齐全的小吃。而各个店家的摊位招牌也做得一个比一个抢眼，要是你运气好，说不定还能碰上兜售车游行。哇，到时候音乐一响，礼花一放，美食的香气一飘……给你 百个甜甜圈都能吃下去！

谁都抵抗不住美食的诱惑，小马谷的居民纷纷出门，留好肚子，准备好钱包，发誓要大快朵颐！

穗龙也坐不住了，外面的香气从门缝里飘进来，从窗子缝里钻进来，他“嘣儿嘣儿”地跳到门边，抽抽鼻子，使劲吸了一口。

“好——香——啊！”穗龙舔舔口水，

“我要去发光点心铺！他们家的卷饼最好吃了！老板娘说了，她每年都会留一份缀满宝石的特制卷饼给我！独家特供哦！”

紫悦还在看书呢，穗龙就来摇她的胳膊了：“走吧走吧，紫悦，现在吃东西才是最重要的！你回来再看书也行，可是好吃的被别人抢光了，就真的没有啦！”

“好好好，”紫悦合上书，“其实我也挺想去看看的，说不定……我能找点新颖特别的食物回来做研究呢。”

“啊？吃东西还想着做研究？你累不累啊？”穗龙长叹了一口气，然后“啪”地一跺脚，一抬手，敬了个礼，“请求登陆，舰长！”

紫悦只好配合他，一本正经地答道：“是是是，大副先生，你的请求已得到许可，你可以自由行动！”

“太棒啦！”穗龙撒开脚丫子，奔向门口，刚想拉开门呢，就听见外面传来一个尖细的嗓门："紫悦！"

下一秒，门就被超级无敌暴力地撞开了。幸好穗龙躲得及时，要不然鼻子都要被撞扁！

"紫悦！快救我呀！"

紫悦还没反应过来呢，就感到一个粉红色的毛茸茸的头扑进自己的怀里，把着她的前腿，哭天喊地地赖在地上，抽抽搭搭地说："怎么办呀！那个……那个狂潮又爆发啦！"

碧琪就是这样神经兮兮的，整天一惊一乍，净说些大家不能理解的词。她说的"狂潮"，是个什么玩意儿啊？

紫悦想了想，问她："什么狂潮啊？你又感应到什么不寻常的事了？"

"我觉得……她说的好像是一种吃的哎。"穗龙说。

“啊？这我就不懂了……到底怎么了啊？”紫悦真是一头雾水。

碧琪抬起头，慌里慌张地四下看看，然后像特工一样，躲在门背后，用气声小心翼翼地说：“嘘——我不能看到它听到它吃掉它！我一定要离它远远的！我怕我会犯罪！”

“哈哈！我知道啦！你说的是‘嚼嚼狂潮小蛋糕’！对不对？”穗龙恍然大悟。

啊，紫悦也知道这种小蛋糕，它的著名广告词是：“只要嚼一口，根本停不下来！只要拿在手，绝对吃到high！我们的目标是——引发嚼嚼狂潮！”

果然，碧琪一听到“嚼嚼狂潮小蛋糕”这几个字，立马发出了哀号，接着顺着门框倒了下去，然后开始口水直流、四肢发软。她流着哈喇子，用梦幻的声音说：

“啊……嚼嚼狂潮……它那么可口……那味道，简直能洗刷你的大脑，刺激你的神经，让你只吃一小口，就如痴如醉！你会感觉所有的烦恼都不翼而飞，生命充满着甜蜜和快乐。我只要吃上一个，就能再吃十个、一百个、一千个！一万个！一亿个！真的根本停不下来！”

有这么夸张？嚼嚼狂潮真的那么可怕吗？

## 2 求助紫悦

碧琪的头上开始冒虚汗了——她的大脑里有两股势力在斗争，一个是奔向小蛋糕的想法，另一个是远离小蛋糕的决心！

她绝对绝对不能再吃嚼嚼狂潮了！她只要不断地把嚼嚼狂潮送进肚，就开始丧失自我，陷入迷乱的状态！接下来，她会做出什么丧心病狂的事，那可就说不准了！

碧琪又扑了上来，抱住紫悦的大腿，眨巴着大眼睛，说："紫悦，求求你啦，整个镇子上，就属你最不爱吃了！我的蹄子、我的尾巴、我的鬃毛、我的脑袋瓜都催我来找你！我知道你一定、肯定、绝对能帮我！不管你用什么办法，只要能让我远离嚼嚼狂潮小蛋糕就好！谢谢你！"

"哈哈哈！"紫悦非常享受碧琪的这顿马屁，她拍拍胸脯，自信无比，"那你是找对人了！世界上就没有我解决不了的问题！这事儿包在我身上！"

一看紫悦进入了工作状态，穗龙顿觉不妙，他赶快往门边挪了两步："那……你们聊……我，我得出门啦……"

他哪里快得过紫悦啊，还没迈出门呢，就被她一把揽住：“谁让你走啦，我们今天有重要工作，你得帮我！”

这句话简直有如晴天霹雳，把穗龙劈得外焦里嫩。他欲哭无泪，在紫悦的臂弯里做着无力的挣扎：“干吗非要拉我啊！放我去吃大餐不行吗！呜呜呜……真是剥夺龙权！呜呜呜……我的宝石卷饼！”

戒个坏习惯似乎是小事一桩，不过，要怎么帮碧琪戒掉这个可怕的爱好呢？

“我想想……把好吃的，变不好吃，是不是就行啦？”紫悦思忖着。

碧琪在她旁边蹦来蹦去：“听你的！都听你的！”

“好！”紫悦决定了，“那我们就来一波厌恶疗法！”

“烟雾疗法？是什么？”碧琪掏出钱包，“需要我去买香烟吗？”

紫悦差点晕倒在地。

“所谓厌恶疗法，就是利用条件反射，把需要戒掉的习惯与痛苦的惩罚联系起来。打个比方，如果你想戒掉嚼口香糖的习惯，那么每次你嚼口香糖的时候，我就对你进行电击。久而久之，只要你一想到嚼口香糖，就会想起电击的痛苦感觉，这样一来，以后你就不想嚼口香糖啦。”她仔仔细细地给碧琪解释了一下。

“噢！”碧琪这才明白自己刚才是听错了，“好像很残忍……不过没关系！只要能让我戒掉嚼嚼狂潮，我什么都愿意承受！我们现在要干吗？我要去买电击棒吗？”说完她就想冲出门。

紫悦赶紧把她按好：“不用不用，电击太凶残了！我们可以利用简单的道具——冰块和橡皮筋，也一样能达到效果！”

## 3 厌恶疗法

“噼噼啪啪！”紫悦把一大桶冰块倒进了大澡盆里。

可怜的碧琪浸在冰冷的水里，牙齿一边打战，一边死死地咬住一根橡皮筋。橡皮筋是套在她的胳膊上的，被扯得老长。

“听好了，碧琪，厌恶疗法现在开始。我们把你对小蛋糕的上瘾，简称为‘糕瘾’。为了戒掉糕瘾，我待会儿要用魔法变出小蛋糕，一旦感觉到嚼嚼狂潮在蛊惑你，你就松开牙齿，让橡皮筋狠狠地打在你手上！这些寒冷和疼痛都是暂时的，只要你坚持下去，以后再联想到嚼嚼狂潮，你就会本能地产生一种厌恶感，到时候你就成功了！”紫悦给碧琪加油打气，“准备好了吗？我数一二三啦！”

“嗒嗒嗒……”碧琪的牙齿不停地咯咯作响，冻得话都说不利索了，“准……备好了！”

紫悦启动魔法，头顶的角发出淡紫色的光芒，在光芒中，一个个嚼嚼狂潮小蛋糕慢慢地浮现出来……一开始只有一个轮廓，渐渐地，小蛋糕们越来越清楚……

“啊！嚼嚼……我最爱的嚼嚼……呜哇哇哇……”碧琪的眼神立马开始涣散。

“快松开橡皮筋！”紫悦抓紧时机命令她。

碧琪松开嘴的一瞬间，橡皮筋“啪”地抽在了她的胳膊上。

“疼疼疼！”她疼得眼泪都出来了。

可是小蛋糕越来越立体了……它们排

着队，仿佛在碧琪的大脑里跳起了舞，每一块奶油、每一片点缀的小饼干都在诱惑着她……

碧琪再次让橡皮筋抽在自己身上——“啪!”

不行！小蛋糕好像在散发香味了！啊……那香味……简直是世界上最甜的……

“啪!”橡皮筋再一次狠狠地抽打出一条血痕。

紫悦心疼得赶快收起魔法——“叭!”所有的小蛋糕都消失了。

“你还好吗？有效果吗？”紫悦满怀希望地问。

“啊……哈哈哈……”碧琪的眼睛已经完全放空，神志不清，不知所云。突然！她从澡盆里一跃而起：“不行啦！我要吃！我要吃!”

然后她就“嗖”的一下射出了房间!

“糟了!”紫悦赶紧马不停蹄地跟了出去——碧琪一

定是去找嚼嚼狂潮小蛋糕了！

她猜得没错，碧琪奔到街上，顺着好听的“丁零零”声一路找过去……啊，那扎着蝴蝶结招牌的，不正是嚼嚼狂潮么！啊，那粉粉的小车，好听的铃声，美丽的售货员，干净的橱窗……全都让她胃口大开！

就在这时，碧琪看见售货员端出了一块嚼嚼狂潮小蛋糕……

“我！要！吃！吃吃吃——”她尖叫着扑了上去。

那块小蛋糕离她只有十厘米了！

可是……这十厘米的距离怎么就过不去了呢！好像有一种奇怪的力量拉住了她！

“我……要……吃……”碧琪咬紧了牙，使劲儿往前蹿，可是依然不能前进一点点。

她低头一看——身上不知什么时候多了两根结实的吊带，牢牢地缚住了她。

“啊……你好，小吊带！虽然我不知道你为什么突然出现，阻止我吃小蛋糕……但是还是很感谢你，哦呵呵呵……”碧琪自言自语起来。

“拜托，你要感谢的不是吊带，是我！”紫悦在后面嚷道。呼呼，幸好她在紧要关头及时赶到，变出一支大大的机械臂，用结实的吊带锁住了碧琪，否则后果简直不堪设想！

虽然这下是把碧琪救了回来，可是她一路上都在迷迷糊糊地念叨着：“我的嚼嚼！谢谢你啊紫悦……啊……吃吃吃……”

她好像有点神志不清了……完啦完啦，看来紫悦首推的厌恶疗法完全没有奏效，这可怎么办呢？

#  暴走的碧琪

“既然厌恶疗法派不上用场，那我们就要来点简单粗暴的方法了！”紫悦生拉硬扯的，终于把碧琪带进了一间昏暗的屋子。

“好！简单粗暴！”碧琪傻乎乎地重复道，“哎呀！这里是什么地方？”

紫悦启动魔法，在大门上加了一道道厚重的锁链，转头意味深长地笑了：“从现在开始，我要把你锁进监狱，一直锁到美食节结束！那些小蛋糕你连碰都碰不到，我看你还有什

么办法！哈哈哈！”

“哇！紫悦，你看上去跟真正的坏人一模一样哎！”碧琪居然激动起来，好奇地在这所监狱里“参观”起来，“我还是头一次进监狱呢！哇，这个地方酷毙了！有锁链，有刑具，密不透风！哦哈哈哈！我可以在这里开监狱派对！”

紫悦顿时傻了眼：“喂喂，小姐，你是被关进来的，不是来开派对的！咱们能严肃一点吗？”

可是碧琪才不管呢，她迈着小碎步在牢房里跳起了舞，脑海中显然已经开始策划“美好”的监狱派对了！“首先是服装——一定要穿条纹囚服！然后是发型——要剃个平头，才能找到感觉！再然后是餐点——最好来点有特色的。哈哈，简直太好玩了！啦啦啦啦——”

紫悦和穗龙面面相觑。

“碧琪简直刷新了我的世界观……”穗龙目瞪口呆，一屁股坐在了角落，“我看我们是搞不定她了。”

“没关系！”紫悦胸有成竹地说，“都关进监狱了，我就不信她还能跑出去！”

话音刚落，监狱的窗外就飘来了“丁零——丁零零——”的声音，铃声钻进栅栏，直接钻进了碧琪的耳朵。她的神色顿时陶醉得一塌糊涂：“啊！这这这是嚼嚼狂潮小摊车的声音！啊！它在呼唤我啊！这声音……遥不可及，可是……好诱人，好美好啊……”

小摊车的铃声如同魔咒一般，把碧琪的心越敲越乱，越敲越乱……不出十秒钟，她的大脑已经被嚼嚼狂潮全面占领！

“嚼嚼嚼嚼！”碧琪突然一蹦三尺高，然后发狂地往窗口的栅栏上撞去！

“碧琪！”紫悦吓得赶紧冲上去，可是碧琪就像个疯狂漏气的气球，在屋子里乱飞乱撞，嘴里喊着：“我要出去！我要吃光！吃光！全部吃光！”

天哪！她要把这个监狱撞得稀巴烂啦！

“救命啊！碧琪疯了！”穗龙吓得抱头鼠窜。

“不好意思，碧琪，对不住了！”紫悦一跺脚，集中意念，释放出束缚魔法——紫色的光带从她的角上迸出来，把碧琪捆得严严实实。这下，疯狂漏气的“气球”碧琪只能可怜兮兮地飘在半空中了，她像婴儿一样号啕大哭起来：“呜哇哇……你好坏……你不让我吃东西！我真的好饿好饿好饿！求求你啦……”

这下紫悦可就很头疼了——碧琪现在呈现出疯狂的暴走状态，破坏力惊人，到底要怎样才能把她关住呢？

“我要吃嚼嚼！”碧琪扯开嗓子喊起来。

紫悦崩溃地捂住耳朵："碧琪！你自己不是想戒掉小蛋糕吗？你能不能有点意志力啊！"

"我现在不想戒掉嚼嚼了！我反悔，好不好？"碧琪哭得一把鼻涕一把泪的，"我现在真的，真的，真的好想吃！我要吃一整座小山那么多的嚼嚼！我要吃香喷喷、亮闪闪、甜滋滋的嚼嚼！我真的，真的，真的不想戒掉了！好了好了，你可以放我走了吧？"

"想得美！"紫悦用魔法把她捆得更紧了，"我看你是中毒太深，急需治疗！来吧，坚强点，你能戒掉的！"

"啊啊啊！"碧琪哀号起来，"放开我！"

"哎哟，别喊啦！你看，你来找我帮忙，我当然要对你负责咯！帮你克服困难，是好朋友应该做的！"紫悦在一旁"叮叮当当"地忙活起来。

发狂的碧琪一边动弹不得，一边咬牙切齿："我要和你绝交!"

"等我把你治好了，你就不会跟我绝交啦！好了，大功告成！当当当当——"紫悦打造好了一套全新的设备，"我给它取名叫：暴走能量消耗机!"

这个大家伙填满了整个房间，看上去像一套复杂的动能装置，上面布满了奇怪的道具。

"这什么玩意儿啊?"碧琪一脸迷茫。

"你马上就知道了——上吧!"紫悦突然解开了束缚魔法。

碧琪立刻像脱缰的野马一般射了出去。她飞速跨越这个莫名其妙的"暴走能量消耗机"，直奔窗口。

可是她才蹿出去半米，就被一只弹簧拳头"砰"地砸到了一条跑道上。

下一秒，一颗上百斤重的铅球就向她砸来！

她吓得赶紧跳到了半空中的一块平台上。

可是她还没站稳脚跟，这块平台也倾斜起来！她像小豆子一样被倒了下去，下面迎接她的是块扎满尖刺的板子！

碧琪飞快地抓住旁边的一根绳子，在半空中荡起来。

可是，她很快就发现，绳子上面涂满了油，根本抓不住！她不受控制地往下滑去，而正下方严阵以待的是——一条飞速运转的传送带！

“紫悦！我恨你！”碧琪“扑通”掉了下去，在传送带上狂奔起来——跑慢了可就要被卷到传送机里啦！

紫悦在一旁看着精疲力竭的碧琪，满意得很：“哎呀呀，我看这机器很奏效啊。你的暴走能量都被它消耗完了，我看你还

怎么逃出去。哦哈哈哈哈哈——”

碧琪终于跑不动了，她拼尽全力跳下传送带——“砰!”大铅球在她背上砸了个正着。

“哈哈哈！怎么样？我的暴走能量消耗机很管用吧？”紫悦悠闲地坐到一边。

“丁零零——”外面嚼嚼狂潮小摊车的铃声不失时机地响了起来。

碧琪的眼神中突然冒出了红光。

“嘿!”她突然把铅球踢上了天!

就在紫悦一眨眼的工夫，碧琪已经飞身踩上铅球，借力弹到半空中，然后如同子弹般射向窗口!

“我——自——由——啦!”

眨眼之间，碧琪就消失了。只留下一地的窗玻璃碴，噢，还有目瞪口呆的紫悦。

## 5 沦陷的紫悦

失控的碧琪直接奔向嚼嚼狂潮的小摊车，开始狼吞虎咽——一个，两个，十个，二十个……

紫悦望着碧琪疯狂的背影欲哭无泪，可是她忍不住也好奇起来——究竟是什么样的小蛋糕，能把碧琪迷得七荤八素、失去理智？

紫悦决定亲自尝一尝。

一块小蛋糕入嘴——啊！松软无比的蛋糕，夹着云朵般入口即化的奶油，表层覆盖的糖霜瞬间融化，新鲜的樱桃同时沁

出甜丝丝的味道！

“这……这简直……”紫悦瞬间心花怒放，“简直美味至极！”

“那当然啦，嚼嚼狂潮！此糕只应天上有，人间难得几回寻！咬上一口，你就进入了天堂！”碧琪的肚皮撑成了小皮球，她的嘴里同时嚼着两块蛋糕，陶醉得仿佛真的升上了天。

“不要浪费时间说话了！吃吃吃！”紫悦一手拿着一块小蛋糕，飞快地往嘴里送。

她万万没想到，自己也和碧琪一样沦落了。她们疯狂地嚼啊嚼、咽啊咽，五十个……一百个……不知多少个嚼嚼狂潮小蛋糕无止无尽地进了她们的肚子……

什么戒掉糕瘾啊，都见鬼去吧！此时此刻，只有嚼嚼狂潮才是王道！只有不断地吃下去，才是幸福的感觉！

“呃……嗝……”一个小时后，紫悦和碧琪双双倒地——肚子撑得快要爆炸了，不倒下才怪呢！

“嗝……”紫悦摸了摸圆鼓鼓的肚子，“为什么这么美味的小蛋糕……嗝，吃下去却这么痛苦……”

“啊，多么痛的领悟！”碧琪一边唱着，一边往嘴里又塞了一块嚼嚼狂潮，“啊……为什么我的肚子装不下了……为什么越吃……越难受……”

碧琪的肚子已经是平时的三倍大了，她想走路，却被肚子坠着跌了个四脚朝天。噢不，那已经不像是正常的肚子了，倒像是个装满石头的麻袋，恐怖地坠在那里。

紫悦无力地躺

在地上，看着天空。咦？她不是来帮碧琪戒瘾的吗？怎么自己也跟着沦陷啦？

“我竟然失败了！失败了！我明明绞尽脑汁，想一举成功……可是竟然功亏一篑！”嚼嚼狂潮小蛋糕带来的幸福感一过，内疚和负罪感汹涌而出，把紫悦深深地埋进了自责里面，这种感觉太不好受了！

她转过头看看一旁的碧琪，她还在一口一口地啃着小蛋糕。

“天哪……”紫悦悲壮地捂起脸，“我竟然一事无成……我辜负了碧琪的期望……我……我这辈子都不吃嚼嚼狂潮了，我发誓！”

等等！

如果连紫悦都阻止不了碧琪，那就没有谁能办到了，除非……

“除非她能自己阻止自己！”脑中灵光一闪，紫悦兴奋地站了起来，“问题出在我们自己心里，没人能替我们打败这种病态的狂热！自己的问题，只有自己解决！”

“你说什么?”碧琪不仅肚子快爆炸了，连脑子也快爆炸了。她嘴里满是奶油，还伸出舌头，颤抖着去舔另一块蛋糕顶上的小樱桃。

紫悦垂着头告诉她：“碧琪，从现在开始，我不管你了。我认输，我管不了你，你……好自为之吧。”

碧琪最见不得的就是人家伤心的表情了，一看紫悦愁眉苦脸的样子，她顿时把嚼嚼狂潮忘到了九霄云外，头脑也清楚了：“哎呀，紫悦你别难过，你没有对不起我啊，你不是想方设法帮我了嘛。怎么还跟我说对不起呢？傻瓜。怪我怪我，害你不开心了……这样吧！我给你开个派对！派

对最开心啦！保证帮你赶跑忧伤！”

紫悦突然冲她绽放出大大的笑容：“骗你的啦！你看！你神志恢复正常了！你看，你的生活不止嚼嚼狂潮啊，你有那么多喜欢的事，它们比小蛋糕更重要！你完全可以靠自己戒掉这种瘾的，我相信你，我看好你，我绝对绝对挺你到底！”

碧琪扑闪扑闪地眨眨眼睛——真的哎，刚才有那么一瞬间，她完全忘掉了嚼嚼狂潮。

紫悦赶快趁热打铁，在她的耳边轻轻说：“能阻止你贪嘴的，只有你自己！想戒掉它，你只要下决心，不去吃就好啦！加油！加油！”

碧琪死死地盯着小摊上的嚼嚼狂潮——粉嫩、可口、香甜……

她的脸上慢慢地浮现出了两种表情。

## 6 美味的结局

碧琪的左边脸蛋露出坚定的表情——那是下决心戒掉嚼嚼狂潮的表情!

而她的右半边脸蛋却不停地抽搐起来——那是经受不住诱惑的表情!

“吃？不吃！吃？不吃！”她的声音也变得忽高忽低，仿佛有两个小马在她的身体里打架，一个是天使，一个是魔鬼，她们打得难分难解，轮流占上风，可谁也干不掉谁。

“吃！嚼嚼是天底下最美味、最炫酷、最

刺激的点心!”她忽然露出垂涎三尺的表情。

“不吃！不吃！不吃!”她又突然咬起了自己的指甲，努力压抑着食欲。

紫悦知道，自己什么忙也帮不上——碧琪正在经历剧烈的心理斗争呢。“碧琪加油！不吃！不吃!”她一个劲儿地给碧琪加油打气。

碧琪就这样一下子蹿向嚼嚼狂潮，一下子又把自己拉回来；一下子口水直流，一下子又狠狠地把口水吸回去；一下子张大嘴巴，一下子又抽自己一个耳光——天哪，她看上去像个精神分裂症患者!

终于，她突然安静了下来，像尊雕像一样呆呆地站在原地。

紫悦伸出一只蹄子，在她眼前晃了晃：“你还好吧?”

“嘘——别说话，我好像成功了!”碧琪轻轻地从牙缝里迸出几个字。她深呼吸一口气，然后壮着胆子看向嚼嚼狂潮。

“太好了，我的食欲消失了！”碧琪一蹦三尺高，“啪”地拉响了一支礼炮！“我成功了！我戒掉了可怕的嚼嚼狂潮瘾！”

她开心地上蹿下跳，伴着丁零零的铃铛声高声大唱：“啦啦啦，成功啦，我成功啦，啦啦啦，嚼嚼再也不吃啦！”

突然，她冲紫悦伸出一只前蹄，目光里带了一点狡猾：“我们来击掌啊！来啊来啊！击个掌！”

紫悦刚把蹄子和她碰到一起，就被一股电流电得脑袋直抽筋。

“哈哈哈！”碧琪晃了晃蹄子——上面绑了一个电击器，“我的整蛊电击器！屡试不爽！哦哈哈哈！”

紫悦刚想发作，又叹了口气，笑起来："好吧，这次就原谅你。开始搞恶作剧，说明你已经恢复正常了，这下我放心啦。"

"那还得谢谢你啊！谢谢你，我今天发现，我可以用眼睛吃饭哎！我现在看一眼食物就能闻到味道啦！我再看第二眼，就饱啦！这下再也不会暴饮暴食了！紫悦，太感谢你了，我爱你！"碧琪直接上去抱住紫悦，用力亲了一口。

紫悦哭笑不得地擦擦脸上的口水，原来的那个碧琪又回来了，这比什么都重要。

"有你这样的朋友真好！"碧琪把脸蛋贴着紫悦的脸，使劲儿蹭了蹭，"不过……"她偷偷趴在紫悦的耳朵旁边说："你居然动用铁链和监狱来锁我，还用那么可怕的能量消耗机来对付我，我看你恐怕有虐待倾向！改天我带你去看心理医生吧！不用谢我了！”

“拜托！不用狠招怎么锁得住你啊？”紫悦白了她一眼，“你还是多操心操心自己吧！”

“嘿嘿嘿——”碧琪傻乎乎地笑起来，“哎呀我又饿了，我们去吃点小吃好不好？”

“还吃啊？”紫悦摸摸肚子，“我估计十天之内都吃不下啦……咦，你看到穗龙了吗？”

“对哦，刚才就没看到他……可能自己回家了吧，我们也走吧！”碧琪蹦蹦跶跶地跑在了前头。

紫悦赶快拖着沉甸甸的肚子，跟了上去。

不过，她们俩都没有发现：穗龙才没有回家呢，他早就偷偷地找到最爱的发光点心铺大吃卷饼，把自己吃成了一个皮球！现在，他正瘫倒在发光点心铺门口哀号呢——

“嗝……谁来帮我戒掉宝石卷饼啊……嗝……紫悦，救命啊……”

## 碧琪的“克制再克制”友谊箴言

世界上什么最难？克制自己算不算最难？明明该学习了，可是心里还想继续玩！明明该运动了，可是身体懒得动！明明该少吃零食，可是就是忍不住吃吃吃！不行不行，拿出自制力来！告诉你哦，战胜自己，你就能成为更好的自己！

## 一起来创造你的小马王国！

你喜欢故事中这些小马吗？喜欢博学聪明的紫悦？爽朗帅气的苹果嘉儿？时尚美丽的珍奇？温柔贴心的柔柔？可爱大方的云宝？还是神经兮兮的碧琪？又或者，是个性十足的众多配角？

请尽情释放你的喜爱，创作属于你的小马故事！

小马宝莉系列欢迎你的投稿！写作要求很简单：

1. 以小马宝莉中的角色为主角；
2. 不脱离原作角色性格，符合小马利亚的场景设定；
3. 最好是饱含想象力的幻想故事；
4. 写明自己的姓名、联系地址、邮编及电话。

请将作品投到：hysxinxiang@126.com

你的作品将有机会刊登在小马宝莉的相关图书上！

还等什么？加入小马宝莉的队伍，在小马利亚欢乐地飞翔吧！

图字 11-2016-320 号
**图书在版编目(CIP)数据**

好好脾气秘方/美国孩之宝著;伍美珍儿童文学工作室改编.—杭州:浙江少年儿童出版社,2016.11
(小马宝莉之友谊就是魔法)
ISBN 978-7-5342-9695-6

Ⅰ.①好… Ⅱ.①美…②伍… Ⅲ.①儿童小说-中篇小说-小说集-美国-现代 Ⅳ.①I712.84

中国版本图书馆 CIP 数据核字(2016)第 252860 号



小马宝莉之友谊就是魔法
**好好脾气秘方**
HAOHAO PIQI MIFANG
[美]孩之宝/著
伍美珍儿童文学工作室/改编

---

责任编辑 刘蕊
美术编辑 吴珩 柳红夏
责任校对 冯季庆
责任印制 吕鑫

---

浙江少年儿童出版社出版发行
(杭州市天目山路 40 号)
杭州富春印务有限公司印刷
全国各地新华书店经销
开本 880mm×1300mm 1/32
印张 5.125 彩页 5
字数 54000 印数 1—30120
2016 年 11 月第 1 版
2016 年 11 月第 1 次印刷
**ISBN 978-7-5342-9695-6**
**定价:19.80 元**
(如有印装质量问题,影响阅读,请与承印厂联系调换)